OS SETE ENFORCADOS

Coleção Novelas Imortais

ORGANIZAÇÃO E APRESENTAÇÃO
Fernando Sabino

OS SETE ENFORCADOS

LEONID ANDREIEV

TRADUÇÃO
Eliana Sabino

Título original:
RASSKAG O SEMI POVESHENNIKH

Copyright © 1987 *by* Fernando Sabino

Direitos desta edição cedidos à
EDITORA ROCCO LTDA.
Av. Presidente Wilson, 231 – 8º andar
20030-021 – Rio de Janeiro – RJ
Tel.: (21)3525-2000 – Fax: (21) 3525-2001
rocco@rocco.com.br
www.rocco.com.br

Printed in Brazil/Impresso no Brasil

Revisão técnica
Lainister de Oliveira Esteves

CIP-Brasil. Catalogação na fonte.
Sindicato Nacional dos Editores de Livros, RJ.

A574s   Andreiev, Leonid, 1871-1919
Os sete enforcados / Leonid Andreiev; tradução Eliana Sabino.
Rio de Janeiro: Rocco Jovens Leitores, 2011.
Tradução de: Rasskag o semi poveshennikh
ISBN 978-85-7980-069-6
1. Ficção russa. I. Sabino, Eliana Valadares. II. Título.
11-1548   CDD – 891.73   CDU: 821.161.1-3

O texto deste livro obedece às normas do
Acordo Ortográfico da Língua Portuguesa.

Apresentação

"Ele quer me amedrontar, mas eu não tenho medo." Quem assim falou foi Tolstoi, mas a História não esclarece o que exatamente ele quis dizer, quando se referiu nestes termos ao seu coleguinha de letras.

Coleguinha, tendo em vista modestas proporções, em tamanho, da produção literária de Andreiev, se comparada à gigantesca obra do autor de *Guerra e Paz*. Certamente este não se referia como autor ao medo de uma concorrência em prestígio no âmbito da literatura, mas como leitor, ao sentimento que inspirava uma obra nascida de uma visão tão amarga da vida, permeada de horror, como nos mais terríveis pesadelos. Um dos críticos desta obra chamou mesmo o seu autor de "matemático do horror", tal a mórbida precisão como que ele retrata os aspectos mais trágicos das criaturas que povoam o sombrio universo de sua imaginação. Ali não se encontra o menor vestígio da normalidade do dia a dia, mas os desencontros, os sofrimentos e o terror, desencadeados pelas mais desvairadas paixões.

Andreiev, cujo nome em russo era Leonid Nikolaevic Andreev, nasceu na cidade de Orel, na Rússia, no dia 21 de agosto de 1871. Educou-se numa escola pública como qualquer criança pobre. Consta que foi a pobreza de sua família, e em consequência o amargor de uma juventude carente, que o levou a tentar o suicídio aos 22 anos. Mas consta também que o gesto de desespero decorreu de um amor infeliz, quando ainda estudante. Desta tentativa, cuja forma não cheguei a apurar, teria resultado uma lesão cardíaca que o levou à morte aos 48 anos de idade.

Iniciando sua carreira como repórter, Andreiev logo se consagrou como escritor de ficção com o seu primeiro conto, o único que narra uma feliz história de amor. A partir de 1901 passou a escrever uma série de contos que o apresentavam como uma espécie de filho espiritual de Tchekhov – mas filho maldito, segundo um crítico da época, levando aos últimos extremos o elemento melancólico, e com isso tornando completamente negra a tonalidade cinzenta do seu predecessor. Sua obra logo adquiriu feição própria e extremamente original. Máximo Gorki se referiu a ele com a maior admiração: "É de uma intuição surpreendentemente fina. Por tudo que se refere aos aspectos mais sombrios da vida, às contradições da alma humana, às fermentações no domínio dos instintos, ele é de uma espantosa perspicácia."

Do realismo das primeiras histórias, Andreiev passou às puras criações de sua imaginação, embora baseadas em temas de interesse na época, como a Revolução, os atentados, as execuções e, de permeio, a relação entre o homem e a mulher. Encontrou logo o seu lugar próprio, entre a corrente realista, de que Gorki era então expoente, e a simbolista, que começava a predominar na Rússia. Dedicou-se também ao teatro, marcando sua presença na dramaturgia russa com peças de grande impacto, que refletiam o mesmo terror da vida. Mas sua consagração definitiva se deu a partir da abordagem em contos e novelas de temas considerados malditos, como o problema sexual e a prostituição em casas de tolerância.

Dedicada inteiramente à atividade literária e pobre de acontecimentos excepcionais, a vida de Andreiev nada de especial tem a oferecer. É verdade que ele aderiu ao movimento revolucionário. Chegou mesmo a promover reuniões clandestinas em seu apartamento. Mas o fogo sagrado da revolução não chegou a incendiar-lhe a alma, como os demais sentimentos humanos que tanto arrebatavam seus personagens e de que se compunha a sua vida interior. Não seguiu o exemplo de Gorki e se recusou a reconhecer o regime bolchevista, que lhe oferecia em vão todas as honrarias. Acabou se refugiando na Finlândia e perdendo com isso a fortuna adquirida com a sua atividade literária. Ao fim da vida, voltava a experimentar as agruras da mais extrema pobreza. A última obra, significativamente chamada *S.O.S*, foi o seu canto de cisne: considerada uma das mais importantes da literatura russa, foi publicada na Finlândia, onde morreu do coração no dia 12 de setembro de 1919.

A obra de Andreiev até que é bastante numerosa. Iniciou-se em 1902, com os livros *O Abismo*, *Na Névoa* e *O Pensamento*. Seguiram-se vários volumes de contos e novelas como *O Sorriso Verme-*

lho, em 1904; *Savva* e *Judas Iscariotes,* 1907; *Os Sete Enforcados,* 1908; *Sachka Jeguliov,* 1911. As peças teatrais incluem *Os Dias de Nossa Vida,* 1908; *Anátema,* 1909; *Anfissa,* 1910; *Ekaterina Ivanocna* e *Professor Storitsine,* 1912. Publicou também alguns livros de ensaios.

A novela aqui apresentada é das que sistematicamente aparecem em coleções deste gênero. E seria imperdoável que assim não acontecesse: *Os Sete Enforcados* vem a compor, com *A Morte de Ivan Ilitch,* de Tolstoi, *A Dama de Espadas* de Puchkin, e *O Capote,* de Gogol (cuja publicação acabo também programando a seu tempo), um magnífico quarteto de novelas realmente imortais com que a Rússia enriqueceu a literatura universal. Trata-se de um pungente libelo contra a pena capital – para dizer o menos sobre esta terrível e aterrorizante antevisão da morte de sete jovens condenados à forca por um atentado político que não chegaram a cometer.

FERNANDO SABINO

(1986)

Introdução
à edição americana

Fico muito feliz em ver *Os Sete Enforcados* publicado em inglês. O infortúnio de todos nós é conhecermos tão pouco, ou mesmo nada, uns aos outros – a alma, a vida, os sofrimentos, os hábitos, as inclinações, as aspirações dos outros. A Literatura, a que tenho a honra de servir, é importante exatamente porque a tarefa mais nobre que ela se impõe é a de anular fronteiras e distâncias.

Como uma casca espessa, todo ser humano está encerrado em uma capa de corpo, roupa e vida. Quem é o homem? Podemos apenas conjeturar. Que constitui sua alegria ou tristeza? Podemos adivinhar apenas, por seus atos, que com frequência são enigmáticos, e por seu riso e suas lágrimas, que muitas vezes nos são inteiramente incompreensíveis. E se nós, russos, que vivemos tão unidos em constante miséria, compreendemos tão mal uns aos outros a ponto de matarmos sem piedade aqueles que deveriam ser lamentados ou mesmo recompensados, e elogiamos aqueles que deveriam ser castigados, muito mais difícil é para vocês, americanos, compreender a distante Rússia. Entretanto, para nós, russos, é igualmente difícil compreender a distante América, com a qual sonhamos em nossa juventude e sobre a qual refletimos tão profundamente em nossos anos de maturidade.

Os massacres dos judeus e a fome; um Parlamento e execuções, saques e o maior heroísmo; *A Centena Negra* e Léon Tolstoi – que mistura de figuras e conceitos, que fonte fecunda de todo tipo de equívocos! A verdade da vida silencia, consternada, e a falsidade atrevida grita bem alto perguntas urgentes e dolorosas: "Com quem serei solidário? Em quem confiarei? A quem amarei?"

Na história de *Os Sete Enforcados* tentei dar uma resposta sincera e sem preconceitos a algumas dessas perguntas.

O fato de os censores russos permitirem que meu livro circulasse mostra que tratei a Rússia tirana e sanguinária com carinho e brandura. Essa evidência é suficiente, se levarmos em conta quantos livros, jornais e brochuras encontraram o descanso eterno à sombra pacífica das delegacias policiais, elevando-se para o céu na fumaça das fogueiras.

Mas não tentei condenar o Governo, de quem a fama de sabedoria e virtudes já se espalhou muito além das fronteiras de nossa infeliz terra natal. Tímida e modesta bem além da medida de suas virtudes, a Rússia desejaria sinceramente declinar dessa honra, mas infelizmente a imprensa livre da América e da Europa não poupou sua modéstia, dando uma visão suficientemente clara de suas gloriosas atividades. Talvez eu esteja enganado: é possível que muitas pessoas honestas na América acreditem na pureza de intenções do Governo russo – mas essa questão é de tamanha importância que requer um tratamento especial, para o qual seriam necessários tempo e paz de espírito. Não existem, na Rússia, porém, espíritos em paz.

Meu objetivo foi destacar o horror e a iniquidade da pena de morte sob quaisquer circunstâncias. O horror da pena de morte é grande quando ela recai sobre pessoas honestas e corajosas, cuja única culpa é o amor excessivo e o senso de justiça – em tais casos a consciência se revolta. Mas a corda é ainda mais horrível quando forma seu nó em volta do pescoço de pessoas fracas e ignorantes. Por mais estranho que possa parecer, vejo com menos piedade e sofrimento a execução de revolucionários, como Werner e Musya, do que a de assassinos ignorantes, miseráveis de mente e coração, como Yanson e Tsiganok. Werner, com sua mente esclarecida e vontade férrea, e Musya, com sua pureza e inocência, podem amenizar até mesmo o terror definitivo e louco da execução que inevitavelmente se aproxima.

Como, porém, irão os fracos e os pecadores enfrentar, senão na loucura, o violentíssimo choque que atinge os próprios alicerces da alma? E essas pessoas, agora que o Governo já firmou a mão através de sua experiência com os revolucionários, estão sendo enforcadas em toda a Rússia – uma de cada vez, em alguns lugares, e dez ao mesmo tempo, em outros. Em suas brincadeiras, crianças encontram corpos mal enterrados, e as pessoas contemplam com horror as botas dos camponeses que surgem à flor do chão; os carrascos que levaram a cabo essas execuções estão enlouquecendo e sendo conduzidos para sanatórios – e não raro enforcados também.

Fico-lhe profundamente grato por ter empreendido a tarefa de traduzir esta triste história. Conhecendo a sensibilidade do povo americano, que certa vez mandou navios cheios de pão cruzarem o oceano para a Rússia faminta, estou convencido de que também agora o nosso povo, em sua miséria e amargura, encontrará compreensão e solidariedade. E se minha história real de sete dos milhares de enforcados ajudar a destruir pelo menos uma das barreiras que separam uma nação da outra, um ser humano do outro, uma alma de outra alma, eu me considerarei satisfeito.

Respeitosamente,
LEONID ANDREIEV

À uma hora, excelência!

Sendo o Ministro um homem muito corpulento, propenso à apoplexia, tinham medo de despertar nele qualquer emoção perigosa, e foi com todas as preocupações que lhe informaram a descoberta de um atentado contra a sua vida. Quando viram que ele recebia a notícia com calma, até mesmo com um sorriso, deram-lhe também os detalhes. O atentado teria lugar no dia seguinte, à hora em que ele sairia com o relatório oficial: alguns terroristas, cujos planos tinham sido denunciados por um traidor, pretendiam encontrar-se à uma hora da tarde defronte à residência do Ministro e, armados de bombas e revólveres, esperariam que ele saísse. Eles se encontravam sob cerrada vigilância e seriam agarrados quando chegassem ao local do atentado.

– Espere! – pediu o Ministro, intrigado. – Como é que eles sabem que eu pretendo sair de casa à uma hora da tarde com o relatório, se eu próprio só soube disso anteontem?

O capitão da Guarda, porém, deu de ombros:
– Exatamente à uma hora, Excelência – limitou-se a declarar.

Meio surpreso, meio satisfeito com a habilidade da polícia, o Ministro sacudiu a cabeça, um sorriso taciturno nos lábios grossos e escuros. Sem querer interferir nos planos da polícia, ele aprontou-se às pressas, ainda sorrindo, e foi passar a noite no palácio de um amigo hospitaleiro. A esposa e os dois filhos também foram removidos da perigosa residência, que no dia seguinte seria local da reunião dos terroristas.

Enquanto as luzes estavam acesas na nova residência e rostos familiares e amáveis o cercavam sorrindo e exprimindo sua preocupação, o Ministro experimentou uma excitação agradável. Era como se tivesse recebido, ou estivesse prestes a receber, uma grande e inesperada honraria. Mas as pessoas foram embora, as luzes se apagaram, e o reflexo rendilhado e fantástico das lâmpadas elétricas dos postes da rua nos espelhos do quarto projetava-se nas paredes e no teto. Ele era um estranho naquela casa com seus quadros, suas estátuas e seu silêncio, e aquela luz – ela própria silente e indefinida – despertava-lhe a dolorosa consciência da inutilidade de trancas, paredes e guardas de vigia. E assim, no meio da noite, no silêncio e na solidão de um quarto de dormir desconhecido, uma insuportável sensação de medo tomou conta do grande dignitário.

Ele sofria dos rins e, sempre que se via tomado de alguma emoção mais forte, inchavam-lhe o rosto, as mãos e os pés. Agora, como uma montanha de carne intumescida sobre as molas tensas do leito, ele tateou o rosto inchado, com a angústia de um doente, sentindo-o como se pertencesse a outra pessoa. Pensava incessantemente no que o destino cruel lhe havia reservado. Relembrou, um a um, os horríveis casos recentes de bombas lançadas contra pessoas de importância ainda maior que a sua: corpos despedaçados, miolos espalhados por paredes sujas, dentes arrancados pela raiz. Sob o efeito dessas lembranças, parecia-lhe que o próprio corpo, pesado e doente, estendido sobre a cama, estava já experimentando o choque violento da explosão. Parecia-lhe sentir os braços decepados do corpo, os dentes arrancados, os miolos em frangalhos, e seus pés ficavam cada vez mais dormentes, imóveis, dedos para cima, como os de um morto. Mexeu-se com esforço, respirou alto e tossiu, para afastar a impressão de ser um cadáver. Encorajou-se com o ruído vivo das molas do colchão, o sussurro das cobertas; e, para assegurar-se de que estava realmente vivo, falou, em tom baixo e profundo, de modo forte e abrupto, na silenciosa solidão do quarto:

– Boa gente! Boa gente!

Estava elogiando os policiais, os guardas, os soldados – todos aqueles que velavam por sua vida, e que de forma tão hábil e oportuna haviam evitado o assassinato. Mas nem os movimentos que fazia, nem os elogios a seus protetores, nem mesmo um forçado sorriso de desprezo pelos terroristas, tolos fracassados, podiam fazer com que ele acreditasse na própria segurança, na certeza de que a vida não o deixaria de repente. A morte, que tinham planejado para ele e que já existia na mente e na intenção de outros, parecia-lhe estar ali presente no quarto. E ali permaneceria; a Morte só iria embora depois que aquelas pessoas tivessem sido capturadas, desarmadas e presas em local seguro. Ali estava a Morte; postava-se a um canto e não queria ir embora – não podia ir embora, como uma sentinela obediente colocada de vigia por vontade e ordem superior.

"À uma hora, Excelência!" A frase não parava de soar, mudando continuamente de tom: ora alegre e zombeteira, ora zangada, ora obtusa e obstinada. Soava como se uma centena de gramofones tivessem sido colocados no aposento, e todos eles, um após outro, repetissem aos gritos, idiotamente, as palavras que lhes cabiam gritar: "À uma hora, Excelência!"

De repente, aquela hora do dia seguinte, que até pouco antes era absolutamente igual às outras horas – apenas um movimento silencioso do ponteiro no mostrador do seu relógio de ouro –, assumia uma importância sinistra, saltava para fora do mostrador, ganhava vida própria, erguia-se como um imenso mastro negro dividindo a vida em dois. Nenhuma outra hora existiria antes dela ou existiria depois – somente aquela, insolente e presunçosa, tinha direito a uma existência em separado.

– Bem, que é que você quer? – perguntou o Ministro entre os dentes, irritado.

"À uma hora, Excelência!", gritavam os gramofones.

E o mastro negro sorria e fazia uma reverência. Rilhando os dentes, o Ministro sentou-se na cama. Positivamente não conseguia dormir naquela noite horrível.

Segurando o rosto nas palmas intumescidas, imaginou, com terrível clareza, como, na manhã seguinte, sem saber coisa alguma da conspiração contra sua vida, ele teria acordado, tomado o café, sem saber de nada; ao vestir o sobretudo no vestíbulo, nem ele, nem o porteiro que lhe estenderia o casaco de peles, nem o criado que lhe teria trazido o café saberiam que era completamente inútil tomar café e vestir o sobretudo, já que, poucos instantes depois, tudo – o sobretudo de peles, seu corpo e o café dentro dele – seria destruído por uma explosão, arrebatado pela morte. O porteiro teria aberto a porta da rua; ele, o porteiro amável e simpático, de olhos azuis típicos de um soldado, com medalhas no peito – ele próprio, com suas próprias mãos, teria aberto a porta terrível, porque não sabia. Todos teriam sorrido, porque não sabiam.

– Ah! – fez ele de repente, em tom alto, e retirou devagar as mãos do rosto. Perscrutando atentamente a escuridão à sua frente com um olhar fixo e intenso, estendeu lentamente a mão, encontrou o interruptor na parede e comprimiu-o. Então ergueu-se e, sem colocar os chinelos, caminhando de pés nus sobre o tapete desse quarto de dormir desconhecido e pouco familiar, procurou na parede o interruptor de outra lâmpada e apertou-o. O aposento ficou claro e agradável, e apenas a cama desfeita, com a coberta caída no chão, falava do horror ainda não de todo dissipado.

Em trajes de dormir, com a barba desgrenhada, os olhos zangados, o Ministro parecia um velho ranzinza sofrendo de insônia e falta de ar. Era como se a morte que lhe preparavam o tivesse deixado nu, despojando-o da magnificência e do esplendor em que vivia. Era difícil crer que, sendo tão poderoso, não passava de um corpo humano comum e normal que teria perecido dolorosamente nas chamas e no fragor de uma explosão monstruosa. Sem se vestir e sem sentir frio, sentou-se na primeira poltrona que encontrou, acariciando a barba revolta, e fixou os olhos, com calma e em profunda meditação, nas figuras de gesso do teto.

Então compreendeu qual era o problema, a razão pela qual ele estremecia de medo e se agitava tanto. Entendeu por que a Morte lhe parecia postar-se a um canto, sem poder ir embora.

– Imbecis! – exclamou, com enfático desprezo. – Imbecis! – repetiu mais alto ainda, voltando a cabeça ligeiramente em direção à porta para que aqueles a quem se referia pudessem ouvi-lo. Referia-se aos que minutos antes elogiara e que, por excesso de zelo, tinham-lhe revelado os detalhes da conspiração contra a sua vida.

Uma ideia fácil e convincente crescia-lhe no cérebro:

"Evidentemente, agora que me contaram, eu sei, e me sinto aterrorizado. Se não tivessem me contado, eu não saberia coisa alguma e teria tomado calmamente meu café. Depois disso viria a morte – mas, afinal, terei tanto medo da morte? Sofro dos rins, e certamente vou morrer disso um dia, mas não tenho medo disso, porque não sei dos detalhes. E aqueles imbecis me informam a hora precisa, achando que eu ficaria muito feliz em saber. Mas em vez disso a Morte postou-se a um canto sem poder ir embora. Não podia porque estava dentro da minha cabeça. Não é a morte que é horrível, mas o conhecimento dela: ninguém conseguiria viver sabendo definitivamente o dia e a hora exatos de sua morte. E os imbecis me avisam: 'À uma hora, Excelência!'"

Começava a sentir-se aliviado, como se lhe tivessem dito que ele era imortal. Sentindo-se novamente forte e sábio entre o rebanho de imbecis que tinham, com tanta estupidez e insolência, invadido o mistério do futuro, começou a pensar na felicidade da ignorância, e seus pensamentos eram os pensamentos dolorosos de um homem velho e doente que passou por uma longa experiência. Não era dado a qualquer ser vivo, homem ou animal, saber o dia e a hora da sua morte. Pouco tempo antes ele estivera doente, e os médicos lhe disseram que devia esperar o final, ocupar-se de suas últimas disposições – mas não acreditara neles e continuava vivo. Em sua juventude envolvera-se em certo caso complicado e decidira morrer; tinha até carregado o revólver, escrito suas cartas e marcado a hora do suicídio – mas pouco antes do fim mudara subitamente de ideia. Seria sempre assim: no último momento algo mudaria, um acidente inesperado ocorreria – ninguém podia dizer quando iria morrer.

"À uma hora, Excelência!", tinham dito aqueles idiotas simpáticos; embora tivessem feito isso para que a morte fosse evitada, o mero fato de saber a hora certa encheu-o de horror. Era provável que ele fosse assassinado algum dia, mas não amanhã – não ia acontecer amanhã, e ele podia dormir tranquilo, como se fosse realmente imortal. Imbecis, não sabiam que grande lei tinham desafiado, que abismo tinham aberto, quando disseram com sua simpatia idiota que aquilo se daria à uma hora, Excelência!

– Não, não vai ser à uma hora, Excelência. Ninguém sabe quando vai ser! Que disse?

– Nada – respondeu o Silêncio. – Nada!

– Mas você disse alguma coisa.

– Nada, bobagem. Eu disse: "Amanhã, à uma hora!"

Ele sentiu uma dor súbita e aguda no coração e compreendeu que não teria sono, nem paz, nem alegria até passar aquela maldita hora negra que saltava do mostrador. Apenas a sombra do conhecimento de algo que nenhum ser vivo podia saber postava-se ali no canto, e aquilo era suficiente para escurecer o mundo e envolvê-lo na impenetrável obscuridade do horror. O medo da morte, uma vez desperto, difundia-se por seu corpo, penetrava-lhe os ossos.

Não mais temia os assassinos do dia seguinte – eles tinham desaparecido, esquecidos, misturados à multidão de rostos e incidentes hostis que rodeavam sua vida. Temia agora algo súbito e inevitável: um ataque apoplético, um enfarte, alguma veiazinha boba que de repente não aguentasse a pressão do sangue e explodisse como uma luva apertada sobre dedos inchados.

O pescoço pequeno e grosso parecia-lhe terrível. Tornou-se insuportável olhar para os dedos curtos e inchados, sentir como eram pequenos e cheios da umidade da morte. E se antes, quando estava escuro, ele tivera que se mover para não parecer um cadáver, agora, à luz brilhante, fria, hostil e terrível, estava tão cheio de horror que não conseguia mover-se para pegar um cigarro ou tocar a campainha chamando alguém. Seus nervos estavam cedendo; cada um deles parecia um arame torto, na ponta uma pequena cabeça com olhos loucos, arregalados de susto, e uma boca muda, ofegando convulsivamente. Ele não conseguia respirar.

Subitamente, na escuridão, entre o pó e as teias de aranha em algum lugar do teto, uma campainha elétrica soou. A lingueta de metal golpeou furiosamente a cúpula da campainha, silenciou e novamente fez soar um ruído contínuo e alarmante: Sua Excelência tocava a campainha em seu quarto.

Pessoas corriam para todos os lados. Aqui e ali, ao longo das paredes, lâmpadas se acendiam. Não eram suficientes para iluminar; apenas lançavam sombras que apareciam em toda parte: erguiam-se nos cantos, estendiam-se pelo teto, agarravam-se tremulamente a cada elevação, cobriam as paredes. Era difícil compreender onde estavam antes todas essas sombras inumeráveis, deformadas e silenciosas – almas sem voz de objetos sem voz.

Alguém disse alguma coisa em tom alto, uma voz profunda e trêmula. O médico foi convocado às pressas pelo telefone: o Ministro estava mal. A esposa de Sua Excelência também foi chamada.

Condenados à forca

Tudo aconteceu como a polícia previra. Quatro terroristas, três homens e uma mulher, armados de revólveres, bombas e outros explosivos, foram apanhados na própria entrada da residência do Ministro, e outra mulher foi mais tarde presa na casa onde se tramara o atentado. Era a própria dona da casa. Na mesma ocasião foi recolhida grande quantidade de dinamite e bombas em fabricação. Todos os presos eram muito jovens; o mais velho dos homens tinha vinte e oito anos, a mais jovem das mulheres, apenas dezenove. Na mesma fortaleza onde ficaram presos, tiveram um julgamento rápido e secreto, como era uso naquela época impiedosa.

Durante o julgamento estavam todos calmos, embora sérios e pensativos. Seu desprezo pelos juízes era tão intenso que nenhum deles desejava enfatizá-lo com um sorriso supérfluo ou uma fingida expressão de alegria. Cada um estava simplesmente tão calmo quanto era necessário para esconder dos olhos curiosos, malévolos e hostis, a grande melancolia que precede a morte.

Algumas vezes recusavam-se a responder; outras, respondiam com simplicidade e precisão, como se estivessem falando não a juízes, mas a pesquisadores, fornecendo informações para uma estatística. Três deles, uma mulher e dois homens, deram seus nomes verdadeiros; os dois restantes recusaram-se a declarar a identidade, e assim permaneceram desconhecidos para os juízes.

Manifestavam, em relação a tudo o que estava acontecendo no julgamento, certa curiosidade, atenuada como que por uma neblina, como acontece a pessoas muito doentes ou movidas por uma ideia forte e absorvente. Lançavam olhares rápidos, pegavam no ar uma palavra mais interessante, depois retomavam seus pensamentos secretos.

O que estava mais próximo dos juízes chamava-se Sergey Golovin, era filho de um coronel reformado, ele próprio ex-oficial; muito jovem ainda, cabelos claros, ombros largos, tão forte que nem a prisão, nem a expectativa da morte inevitável conseguiram apagar-lhe a cor do rosto e a expressão de franqueza juvenil e vivaz de seus olhos azuis. Não parava de puxar com força a barba curta e cerrada, com que não se acostumava, e piscava continuamente, olhos voltados para a janela.

Era mais para o final do inverno, quando, entre as nevascas e os sombrios dias gelados, a primavera iminente envia como precursor um dia claro, ensolarado e cálido, por uma hora apenas, mas tão cheio de primavera, tão pujantemente jovem e radioso, que os pardais nas ruas perdem alegremente o rumo e as pessoas parecem quase embriagadas. E agora o céu belo e estranho podia ser visto através de uma janela superior, empoeirada desde o último inverno. À primeira vista o céu parecia cinza-leitoso – cor de fumaça – mas, quando se olhava por mais tempo, o azul-escuro começava a penetrar através do tom cinzento, crescendo para um azul cada vez mais profundo, mais brilhante, mais intenso. E o fato de o dia não se revelar todo de uma vez, mas esconder-se castamente na fumaça das nuvens transparentes, tornava-o tão encantador quanto uma namorada. E Sergey Golovin olhava para o céu, repuxava a barba, piscava ora um olho, ora outro, com seus cílios longos e curvos, meditando diligentemente sobre alguma coisa. De certa feita, distraído, pôs-se a movimentar os dedos com rapidez, e franziu a testa com alegria; depois olhou em volta e a alegria morreu como uma fagulha pisoteada. Quase instantaneamente a cor de sua face se desfez num azul terroso, cadavérico. Com os dedos cujas pontas tinham se tornado brancas, ele agarrou os cabelos, arrancando dolorosamente alguns fios pela raiz. Mas a alegria da vida e da primavera era mais forte, e alguns minutos mais tarde seu rosto franco estava novamente voltado para o céu primaveril.

A jovem pálida, conhecida apenas pelo nome de Musya, também olhava para o céu. Era mais jovem que Golovin, embora parecesse mais velha, por sua seriedade e seus olhos escuros bem abertos e orgulhosos. Somente o pescoço firme e esguio e as mãos delicadas e infantis denunciavam sua juventude, além disso havia aquela presença inefável da própria juventude: que soava tão distintamente em sua voz clara e melodiosa, irretocavelmente afinada, como um instrumento precioso – cada simples palavra, cada exclamação dava testemunho de seu timbre musical. Era muito pálida, mas não de uma palidez mortal, e sim daquela brancura cálida, peculiar a quem, por assim dizer, traz dentro de si um grande fogo ardente, e cujo corpo tem um brilho transparente como a fina porcelana de Sèvres. Sentava-se quase imóvel, e apenas de vez em quando tocava, com um movimento imperceptível dos dedos, a marca circular no dedo médio da mão direita: um anel recentemente removido. Olhava para o céu sem carinho ou recordações felizes – olhava simplesmente porque naquela sala suja e vulgar o pedacinho azul de céu era o que havia de mais bonito, puro e verdadeiro, a única coisa que não tentava procurar intenções escondidas no fundo de seus olhos.

Os juízes tinham pena de Sergey Golovin; a ela, desprezavam.

Seu vizinho, conhecido apenas pelo nome de Werner, também estava imóvel, sentado numa postura um tanto forçada, as mãos entre os joelhos. Se se pode dizer que um rosto se fecha como uma porta, ele fechava o seu como uma porta de ferro com tranca e cadeado. Tinha os olhos fixos no sujo chão de madeira, e era impossível dizer se estava calmo ou intensamente agitado, pensando em alguma coisa em especial ou escutando os depoimentos dos policiais. Não era de estatura alta. Tinha as feições finas e delicadas. Frágil e belo, lembrava uma noite enluarada no sul, à beira-mar, entre as sombras escuras dos ciprestes. Dava a impressão de uma força enorme e serena, firmeza invencível, fria coragem. A própria polidez de suas respostas breves e precisas, com uma ligeira reserva, soava ameaçadora em seus lábios. E se o uniforme da prisão parecia nos outros ridículo como uma fantasia de palhaço, nele nem se notava, tão estranho era à sua personalidade. E embora os outros terroristas tivessem sido presos com explosivos, e Werner com um simples revólver, os juízes, por um motivo qualquer, consideram-no o líder e o tratavam com certa deferência, embora de modo sucinto e oficial.

O seguinte, Vasily Kashirin, sentia-se dividido entre um terrível medo da morte e o desejo desesperado de não revelá-lo aos juízes. Desde cedo, quando foram levados ao tribunal, ele se sentia sufocado por uma incontrolável taquicardia. O suor lhe escorria da testa; as mãos também estavam frias e suarentas, a camisa molhada grudando-se no corpo e lhe restringindo os movimentos. Com um esforço sobre-humano ele controlou o tremor das mãos e conseguiu que a voz soasse firme e distinta, o olhar espelhasse tranquilidade. Não enxergava coisa alguma à sua volta; as vozes lhe chegavam através de uma névoa, e era a essa névoa que ele fazia desesperados esforços para responder alto e firme. Tendo respondido, imediatamente esquecia a pergunta e a resposta, e tornava a mergulhar na luta silenciosa e terrível contra si mesmo. Nele a morte revelava-se tão claramente que os juízes evitavam encará-lo. Era difícil definir sua idade, como acontece com um cadáver em decomposição; segundo o passaporte, tinha apenas vinte e três anos. Uma ou duas vezes Werner tocou-lhe o joelho com a mão, e a cada vez Kashirin reagiu rispidamente:

– Não precisa se preocupar!

O pior foi a vontade repentina e incontrolável de gritar – o grito sem palavras, desesperado, de um animal. Tocou depressa em Werner, que, sem erguer os olhos, disse em voz baixa:

– Não se preocupe, Vasya. Não vai demorar.

Abraçando-os a todos com um olhar maternal e ansioso, a quinta terrorista, Tanya Kovalchuk, sentia-se fraca de tanto medo. Nunca tivera filhos, ainda era jovem e de faces coradas, como Sergey Golovin, mas parecia mãe de todos eles, tão cheios de ansiedade eram sua aparência, seus sorrisos, seus suspiros. Não prestava a menor atenção ao julgamento, considerando-o algo inteiramente irrelevante. Escutava apenas o modo como os outros respondiam: se a voz tremia, se havia medo, se algum deles tinha sede.

Não conseguia olhar para Vasya em sua angústia, e apenas ficava a torcer os dedos em silêncio; mas contemplava Musya e Werner com orgulho e respeito, assumindo uma expressão séria e concentrada, e depois tentava transferir o sorriso para Sergey Golovin:

"O pobrezinho está olhando para o céu... Isso mesmo, olhe para o céu, meu querido!", pensava. "E Vasya? Que é isso? Meu Deus, meu Deus, que é que vou fazer com ele? Se lhe falar, posso piorar tudo; ele pode até começar a chorar de repente."

Assim, como um lago calmo ao amanhecer reflete toda nuvem que passa apressada, ela refletia, na franqueza do rosto delicado e generoso, cada sensação fugaz, cada pensamento dos outros quatro. Nem por um instante se lembrava de que também estava sendo julgada, de que também seria enforcada. Isso lhe era por completo indiferente. As bombas e a dinamite tinham sido encontradas em sua casa e, por estranho que pareça, ela enfrentara a polícia a tiros, chegando a ferir um dos policiais na cabeça.

O julgamento terminou por volta das oito horas, já noite escura. Diante dos olhos de Musya e Golovin, o céu, que vinha ficando cada vez mais azul, perdera gradualmente a cor, mas não se tornara rosado, não sorrira com sua suavidade dos poentes do verão, mas acinzentara-se, argiloso, e subitamente frio, invernal. Golovin deu um suspiro, espreguiçou-se, olhou mais duas vezes para a janela: lá fora, só a fria escuridão da noite. Sempre repuxando a barba curta, ele se pôs a examinar, com curiosidade infantil, os juízes e os soldados armados de mosquetes, e sorriu para Tanya Kovalchuk. Quando o céu escureceu por completo, Musya voltou os olhos lentamente, sem baixá-los, para o canto da sala, onde uma pequena teia de aranha estremecia ao sopro imperceptível do aquecedor; permaneceu assim até a sentença ser pronunciada.

Depois do veredito, tendo os terroristas dado adeus a seus advogados vestidos de fraque, e fugindo aos olhares irremediavelmente confusos, piedosos ou culpados uns dos outros, reuniram-se à porta por um momento e trocaram algumas palavras.

– Não se preocupe, Vasya. Logo tudo estará acabado – disse Werner.

– Eu estou bem, meu irmão – respondeu Kashirin em voz alta, calma e até um tanto alegre. Realmente, o rosto levemente corado não mais parecia o de um cadáver em decomposição.

– Diabos os levem, vão nos enforcar – praguejou Golovin.

– Era de se esperar – retorquiu Werner em voz calma.

– Amanhã será pronunciada a sentença e nós ficaremos juntos – disse Tanya Kovalchuk à guisa de consolo. – Até a execução vamos ficar todos juntos.

Musya ficou um instante imóvel; depois, sem nada dizer, pôs-se a caminho resolutamente.

Por que vão me enforcar?

Duas semanas antes do julgamento dos terroristas, outros juízes do mesmo tribunal militar julgaram e condenaram à morte por enforcamento um camponês chamado Ivan Yanson.
Ivan Yanson trabalhava para um abastado fazendeiro. Em nada diferia dos outros empregados; era estoniano, natural de Vezemberg, e ao longo dos anos, passando de uma fazenda a outra, chegara perto da capital. Falava russo muito mal, e como seu patrão era um russo, de nome Lazarev, e não havendo outros estonianos nas vizinhanças, Yanson permaneceu praticamente mudo por quase dois anos. Aparentemente não gostava mesmo de conversar, e calava-se não apenas com os seres humanos, mas também com os animais. Dava água ao cavalo em silêncio, arreava-o em si-

lêncio, movimentando-se em volta dele com vagar e preguiça, em passos curtos e hesitantes, e quando o cavalo, irritado com seus modos, começava a agitar-se e a tornar-se caprichoso, ele o surrava em silêncio com um chicote pesado. Surrava-o cruelmente, com uma persistência nervosa e obstinada; quando, depois de uma bebedeira, ele sofria os efeitos da ressaca, era dominado pela fúria. Nessas ocasiões o estalar do chicote podia ser ouvido na casa dos patrões, com as batidas dos cascos do cavalo assustado sobre o soalho do estábulo. Por surrar o cavalo o patrão surrava Yanson, mas logo parou de lhe prestar atenção, ao constatar que ele não tinha conserto.

Uma ou duas vezes por mês Yanson ficava bêbado, geralmente nos dias em que levava o patrão à grande estação ferroviária, onde havia um bar. Na volta, ele se afastava mais ou menos meia versta e ali, levando o trenó e o cavalo para a neve acumulada ao lado da estrada, esperava o trem partir. O trenó ficava de lado, quase virado, e o cavalo, com as pernas bem abertas, enfiado na neve até a barriga, de vez em quando baixava a cabeça para lamber a neve macia, enquanto Yanson recostava-se em posição desconfortável dentro do trenó, como se cochilasse. As abas do seu velho gorro de peles pendiam como as orelhas de um cão, e o suor úmido despontava sob seu nariz pequeno e avermelhado.

Voltava para a estação e rapidamente se embebedava. Fazia a pleno galope as dez verstas do caminho de volta para a fazenda; o cavalinho saltava, levado à loucura pelo chicote, como se possuído por um demônio; o trenó derrapava, quase virava, batendo nos postes, e Yanson soltava as rédeas e meio cantava, meio exclamava em estoniano frases abruptas e sem sentido. Muitas vezes não cantava: com os dentes apertados de ódio, dor e prazer inenarráveis, dirigia em silêncio e às cegas. Não reparava nos passantes, não lhes gritava que tivessem cuidado, não diminuía a velocidade louca nas curvas da estrada ou nos longos aclives das veredas da montanha. Era incrível que ele nunca tivesse atropelado alguém, ou que ele mesmo não tivesse sido lançado à morte.

Deveria ter sido despedido, como já ocorrera em outros lugares, mas cobrava barato, e os outros trabalhadores não eram muito melhores – ele acabou ficando dois anos. Sua vida era rotineira. Um dia recebeu uma carta escrita em estoniano.

Era analfabeto, e os outros não falavam aquela língua; assim, a carta ficou por ser lida, e acabou por jogá-la no esterco com certa indiferença melancólica, como se não compreendesse que a carta trazia notícias de casa. Uma vez Yanson tentou namorar a cozinheira, mas não teve sucesso: foi rudemente rejeitado e ridicularizado, pois era baixinho, tinha o rosto sardento e olhos pequenos e sonolentos, de cor indefinida. Aceitou o fracasso com indiferença, e nunca mais incomodou a cozinheira.

Embora falasse pouco, estava todo o tempo escutando alguma coisa. Ouvia os sons dos campos desolados, cobertos de neve, onde os montes de esterco congelado pareciam fileiras de pequenas sepulturas; os sons da extensa planura azul e suave, dos fios telegráficos que zuniam; as conversas das outras pessoas. O que os campos e os fios telegráficos lhe diziam só ele sabia, e as conversas das outras pessoas eram inquietantes, cheias de boatos sobre assassinatos, roubos e incêndios. Certa noite ouviu o pequeno sino da igreja do povoado vizinho soando fraca e desvalidamente, e o crepitar das chamas de um incêndio: alguns vagabundos tinham saqueado uma rica propriedade, matando o dono e a esposa e incendiando a casa.

Na fazenda também tinham medo. Os cães ficavam soltos não somente à noite, mas também durante o dia, e o patrão dormia com uma espingarda ao lado. Queria dar uma arma para Yanson – uma velha escopeta de um só cano. Mas Yanson revirou-a na mão, sacudiu a cabeça e devolveu-a. O patrão não entendeu o motivo e ralhou com ele, mas Yanson tinha mais fé em sua faca finlandesa do que naquela arma enferrujada.

– Ia acabar me matando – disse, fixando no patrão os olhos sonolentos e vidrados.

O patrão ergueu as mãos em desespero:

– Que idiota! Como é difícil ter de tratar com gente assim!

Certa noite de inverno, quando os outros empregados haviam ido à estação, esse mesmo Ivan Yanson que tinha medo de espingarda foi autor de uma violenta tentativa de roubo, de assassinato e estupro. Fez isso de um modo surpreendentemente simples: trancou a cozinheira na cozinha e, preguiçosamente, com ar de sono, aproximou-se do patrão por trás e esfaqueou-o várias vezes pelas costas. O patrão caiu e a patroa saiu correndo a gritar, enquanto Yanson, mostrando os dentes e brandindo a faca, punha-se a saquear o baú e as arcas. Encontrou o dinheiro que procurava e então, como se pela primeira vez reparasse na patroa, e como se ele próprio não tivesse ideia do que ia acontecer, avançou sobre ela para violentá-la. Mas tinha deixado a faca cair, e a patroa mostrou-se mais forte que ele: não apenas impediu que ele a atacasse, mas também estrangulou-o e quase o matou. Então o patrão gemeu, a cozinheira arrombou a porta com o garfo de forno e Yanson fugiu. Foi preso uma hora mais tarde, ajoelhado atrás do canto do estábulo, riscando fósforos que não se acendiam, na tentativa de provocar um incêndio.

Poucos dias depois o patrão morreu de septicemia, e Yanson, em meio a outros ladrões e assassinos, foi julgado e condenado à morte. No tribunal, comportou-se como de costume: um homenzinho sardento, de olhos sonolentos e vidrados. Parecia não ter a menor noção do que acontecia à sua volta; aparentava total indiferença por tudo. Piscava os olhos de pestanas brancas estupidamente, sem curiosidade; examinava o salão escuro, enfiava no nariz o dedo engelhado. Só aqueles que o tinham visto aos domingos na igreja perceberiam que ele fizera uma tentativa de arrumar-se: trazia no pescoço um cachecol de tricô vermelho sujo, e tinha umedecido partes da cabeleira. Onde estavam molhados, os cabelos eram escuros e lisos, ao passo que no outro lado se eriçavam em tufos ralos e esparsos, como palha sobre uma campina batida pelo granizo.

Quando a sentença foi pronunciada – morte por enforcamento –, Yanson mostrou-se de repente agitado. Ficou muito vermelho e começou a atar e desatar o cachecol no pescoço, como se sufocasse. Então pôs-se a sacudir os braços com ar estúpido e, voltando-se para o juiz que não tinha lido a sentença, apontou com o dedo para o juiz que o fizera:

– Ele quer me enforcar.

– De quem você está falando? – perguntou o juiz que pronunciara a sentença.

Todos sorriam. Alguns tentaram esconder o sorriso por trás dos bigodes e dos documentos. Yanson apontou-lhe o indicador e respondeu com raiva, olhando-o de esguelha:

– Você!

– Sim?

Yanson voltou a olhar para o outro juiz, a quem sentia ser um amigo, alguém que nada tinha a ver com a sentença. Repetiu:

– Ele disse que vou ser enforcado. Por que vão me enforcar?

Tinha um aspecto tão absurdo, com seu pequeno rosto zangado, o dedo estendido, que até mesmo o soldado da escolta, desobedecendo ao regulamento, exclamou a meia voz:

– Que idiota!

– Por que vão me enforcar? – repetiu Yanson teimosamente.

– Tão depressa vão enforcá-lo que você não vai ter tempo nem de dar um chute – disse o soldado.

– Cale a boca! – exclamou com raiva o companheiro da escolta. Mas ele próprio não conseguiu deixar de acrescentar: – Ainda por cima ladrão! Por que tirou uma vida humana, imbecil? Agora vai ser enforcado!

– Pode ser que o indultem – comentou o primeiro soldado, começando a sentir pena.

– É verdade, pessoas assim costumam receber o indulto, não é? Mas já falamos bastante.

Yanson emudecera novamente.

Levaram-no de volta à cela que ocupava havia um mês, e à qual já se acostumara, assim como se acostumava a tudo: às surras, à vodca, aos melancólicos campos nevados e aos montes de neve que pareciam sepulturas. Agora chegou a alegrar-se ao ver sua cama, a familiar janela com grade, e quando lhe deram algo para comer — não comia desde cedo. Tinha uma lembrança incômoda do que acontecera no tribunal, mas não conseguia pensar naquilo, não era capaz de lembrar-se. Não conseguia sequer imaginar a morte na forca.

Embora Yanson tivesse sido condenado à morte, havia muitos outros igualmente sentenciados, e ele não era considerado um criminoso importante. Assim, dirigiam-se a ele sem medo ou respeito, como falavam com os prisioneiros que não seriam executados. O carcereiro exclamou, ao saber do veredito:

— Bem, meu amigo, pegaram você direitinho!

— Quando é que vão me enforcar? — Yanson perguntou, desconfiado.

O carcereiro pensou por um momento.

— Bom, você vai ter que esperar até conseguirem juntar outros mais. Não vão se incomodar por um só, especialmente alguém como você.

— E quando vai ser isso? — insistiu Yanson.

Não estava nem um pouco ofendido por não o considerarem digno de ser enforcado sozinho. Não acreditava nisso; devia ser apenas uma desculpa para adiarem a execução antes de a revogar de vez. Foi tomado de alegria; aquele momento confuso e terrível, tão doloroso de recordar, perdeu-se na distância, tornando-se fictício e improvável, como a morte sempre parece ser.

— Quando! Quando! — exclamou o carcereiro, um velho estúpido e rabugento, já perdendo a calma. — Não é como enforcar um cachorro, que a gente leva para trás do estábulo e acabou-se. Acho que você gostaria de ser enforcado assim, seu tonto!

— Não quero ser enforcado. — De repente Yanson franziu a testa de modo estranho: — Disseram que vou ser enforcado, mas não quero.

E talvez pela primeira vez na vida ele riu, um riso louco, absurdo, porém alegre e feliz. Soava como o cacarejar de um ganso: ga-ga-ga! O carcereiro encarou-o com espanto, depois sério, franzindo o sobrolho. A estranha alegria de um homem prestes a ser executado era uma ofensa à prisão, ao próprio carrasco; fazia com que parecessem absurdos. De repente, por um brevíssimo instante, o velho carcereiro, que passara toda a vida na prisão e via as suas leis como as leis da natureza, sentiu que aquele lugar e toda a vida dentro dele era algo como um hospício, e ele, o carcereiro, o doido principal.

– Ora, diabos o levem! – e cuspiu para o lado.
– De que está rindo? Isto aqui não é um botequim!
– E eu não quero ser enforcado, ga-ga-ga! – ria Yanson.
– Satanás! – disse o inspetor, sentindo necessidade de fazer o sinal da cruz.

Aquele homenzinho de rosto pequeno e enrugado parecia tudo menos o demônio – mas na sua risada idiota havia algo que destruía a santidade e a força da prisão. Se risse por mais tempo, sentia o carcereiro, as paredes ruiriam, as grades cairiam, derretidas, ele próprio, carcereiro, levaria os prisioneiros até o portão, fazendo mesuras, dizendo: "Deem um passeio pela cidade, senhores; voltem quando quiserem."

– Satanás!

Mas Yanson tinha parado de rir, e agora piscava ladinamente.

— É melhor tomar cuidado! — disse o carcereiro, em tom de ameaça indefinida, e afastou-se, lançando olhares para trás.

Yanson esteve calmo e contente durante a noite. Repetia a si mesmo: "Não vou ser enforcado!", e isso lhe parecia tão convincente, tão sábio, tão irrefutável, que era desnecessário inquietar-se. Havia muito esquecera seu crime; só de vez em quando lamentava não ter conseguido violentar a esposa do patrão. Mas logo esqueceu isso também.

Todas as manhãs Yanson perguntava quando seria enforcado, e todas as manhãs o carcereiro respondia com raiva:

— Tenha calma, seu demônio! Trate de esperar! — e se afastava depressa, antes que Yanson começasse a rir.

E por causa dessas palavras sempre repetidas, e porque cada dia chegava e passava como todos os dias, Yanson convenceu-se de que não haveria execução. Começou a perder toda lembrança do julgamento, e passava o dia inteiro rolando no catre, feliz, sonhando vagamente com os desolados campos brancos e seus montes de neve, com o bar da estação ferroviária e com outras coisas ainda mais vagas e brilhantes. Era bem alimentado na prisão, e logo começou a engordar e a dar-se ares.

– Agora ela teria gostado de mim – pensou na patroa. – Agora sou forte, mais bonito que o patrão.

Mas tinha muita vontade de beber uma dose de vodca e sair a cavalo em louca disparada.

Quando os terroristas foram apanhados, a notícia chegou à prisão. Em resposta à pergunta costumeira de Yanson, o carcereiro inesperadamente respondeu com entusiasmo:

– Agora não vai demorar. Acho que dentro de uma semana, mais ou menos.

Yanson empalideceu e, como se estivesse adormecido, tão opaco era o olhar de seus olhos vítreos, perguntou:

– Está brincando, não está?

– Antes você mal podia esperar, e agora acha que estou brincando! Aqui não é permitido brincar. Você é quem gosta de brincar, mas aqui é proibido – respondeu o carcereiro com dignidade, e afastou-se.

À noitinha do mesmo dia Yanson já tinha emagrecido. A pele, que se distendera e por algum tempo fora lisa, cobriu-se de repente de uma porção de pequenas rugas, e em certos lugares parecia preguear-se. Os olhos tornaram-se ainda mais sonolentos, e todos os seus movimentos eram agora tão lentos e lânguidos que cada volteio da cabeça, cada mover de dedo, cada passo, parecia ser uma tarefa complicada e incômoda, que requeria um raciocínio muito apurado. À noite, deitado em seu catre, ele não fechou os olhos, pesados de sono; manteve-os abertos até de manhã.

– Aha! – fez o carcereiro com satisfação, ao vê-lo no dia seguinte. – Isto aqui não é um botequim, meu caro!

Com uma deliciosa sensação de gratificação, como um cientista cuja experiência finalmente dera certo, ele examinou o homem condenado da cabeça aos pés, com cuidado e lentidão. Agora tudo ia acontecer como de praxe. Satanás estava perdido, a santidade da prisão e da execução fora restabelecida, e o velho inquiriu com condescendência, até mesmo com um sentimento de sincera piedade:

– Quer ver alguém?
– Para quê?
– Para dizer adeus, ora! Você não tem mãe, por exemplo, ou um irmão?

– Não vou ser enforcado – disse Yanson baixinho, olhando de soslaio para o carcereiro. – Não quero ser enforcado.

O velho carcereiro encarou-o por um instante, depois despediu-se com um gesto e afastou-se em silêncio.

À noite Yanson ficou mais calmo.

O dia tinha sido tão normal, o céu nublado de inverno parecia tão normal, os passos das pessoas e as conversas sobre assuntos de negócios soavam tão normais, o cheiro da sopa de repolho azedo era tão normal, costumeiro e natural, que ele novamente deixou de acreditar na execução. Mas a noite foi terrível. Antes, Yanson sentia a noite apenas como escuridão, um tempo especialmente escuro, quando era preciso dormir; agora começava a tomar consciência da sua natureza misteriosa e fantástica. Para não acreditar na morte, era preciso ouvir, ver e sentir coisas normais à sua volta: passos, vozes, luz, a sopa de repolho azedo. Mas no escuro tudo era pouco natural; o silêncio e a escuridão representavam, eles próprios, a morte.

Quanto mais a noite se arrastava, mais terrível se tornava. Com a ignorância inocente de uma criança ou um selvagem que acredita tudo ser possível, Yanson sentia vontade de gritar para o sol: "Brilhe!" Pediu, implorou que o sol brilhasse, mas a noite estendeu sem remorso suas horas longas e escuras por sobre a terra, e não havia poder que apressasse o seu curso. E essa impossibilidade, que pela primeira vez apresentava-se ao fraco entendimento de Yanson, enchia-o de terror. Ainda sem ousar entendê-la claramente, ele já sentia a inevitabilidade da morte próxima; os pés dormentes pareciam pisar o patíbulo.

O dia acalmou-o, mas a noite tornou a assustá-lo, e assim foi até a noite em que ele compreendeu plenamente que a morte era inevitável e viria três dias depois, com o nascer do sol.

Nunca pensara na morte, e não fazia dela uma imagem clara — mas agora percebia-a nitidamente; via-a, sentia que ela penetrara na cela e tateava à procura dele. Para salvar-se, pôs-se a correr pela cela exígua, enlouquecido.

Mas a cela era tão pequena que os cantos não pareciam agudos mas curvos, empurrando-o para o centro do aposento. Não havia onde esconder-se, estava escuro, a porta, trancada. Várias vezes ele se jogou contra as paredes, sem ruído, e uma vez bateu de encontro à porta com um som oco e surdo. Tropeçou e caiu de cara no chão; sentiu que ELA ia alcançá-lo. Deitado de bruços, agarrado ao chão, escondendo o rosto no cimento escuro e sujo, Yanson uivou de terror. Ficou caído, gritando com todas as suas forças, até vir alguém. E quando o ergueram do chão e o sentaram no catre, e lhe derramaram água fria sobre a cabeça, ele ainda não ousava abrir os olhos fechados com força. Entreabriu um olho e, percebendo a bota de alguém em um dos cantos da cela, recomeçou a gritar.

Mas a água fria começou a produzir efeito. Para ajudar, o carcereiro de plantão, o mesmo velho, deu-lhe uns tapas na cabeça, e a sensação de retorno à vida afastou o medo da morte. Yanson abriu os olhos, e depois disso, o cérebro inteiramente confuso, dormiu um sono pesado, o resto da noite. Deitado de costas, a boca aberta, roncava alto, e por entre as pálpebras entreabertas seus olhos se mostravam mortos e opacos, revirados para cima, escondendo a pupila.

Mais tarde, tudo no mundo – o dia e a noite, passos, vozes, a sopa de repolho azedo – produzia nele um terror contínuo, mergulhando-o em um estado de exasperada e atônita incompreensão. Sua mente fraca não era capaz de combinar essas duas coisas que tão monstruosamente se contradiziam: o dia claro, o cheiro e o gosto do repolho, e o fato de que dois dias mais tarde ele deveria morrer. Não pensava em coisa alguma, nem mesmo contava as horas, em muda perplexidade ante essa contradição que rasgava seu cérebro em dois. Ficara inteiramente pálido, sem partes mais brancas ou mais coradas, e aparentava calma, mas não comia, e parou de dormir. Passava a noite sentado em um tamborete, as pernas cruzadas debaixo de si, cheio de medo. Ou caminhava pela cela, silencioso e furtivo, olhando sonolentamente em todas as direções. A boca ficava entreaberta, como se num espanto incessante, e antes de pegar nas coisas mais comuns ele as examinava por um longo tempo, tocando nelas com desconfiança.

Quando ficou assim, os carcereiros, e também a sentinela que o vigiava através da janelinha, pararam de lhe dar atenção: essa era a condição normal dos prisioneiros, como gado no matadouro depois do golpe para tontear.

– Ele agora está atordoado, não vai sentir coisa alguma até a hora da morte – disse o carcereiro, contemplando-o com olhos experientes. – Ivan! Está ouvindo? Ivan!

— Não podem me enforcar — respondeu Yanson em voz sem expressão, e seu maxilar inferior tornou a pender.

— Você não devia ter cometido assassinato. Aí não seria enforcado — retorquiu o chefe dos carcereiros, um jovem de aparência imponente, com medalhas no peito. — Você cometeu assassinato, e não quer ser enforcado?

— Mata uma pessoa e não quer pagar, este idiota! — disse outro.

— Não quero ser enforcado — insistiu Yanson.

— Bem, meu amigo, querer ou não é problema seu — respondeu o chefe dos carcereiros com indiferença. — Em vez de falar bobagens, é melhor cuidar de seus bens, se é que você possui alguma coisa.

— Ele só tem uma camisa e um terno. E um gorro de pelo! Ridículo!

Assim o tempo passou até quinta-feira. À meia-noite algumas pessoas entraram na cela de Yanson, e um homem de suspensórios ordenou:

— Apronte-se. Temos que ir.

Yanson, movimentando-se devagar e sonolentamente como antes, vestiu tudo o que tinha e atou seu cachecol vermelho ao pescoço. O homem de suspensórios, fumando um cigarro, comentou enquanto observava Yanson vestir-se:

– Que dia quente vai ser hoje! Primavera de verdade.

Os olhos de Yanson fechavam-se; ele parecia estar adormecendo, e movimentava-se tão devagar e tão rigidamente que o carcereiro gritou-lhe:

– Ei, você! Mais depressa! Está dormindo?

De repente Yanson estacou:

– Não quero ser enforcado – declarou.

Foi agarrado pelos braços e levado embora; pôs-se a caminhar obedientemente, ombros erguidos. Do lado de fora encontrou o ar úmido da primavera, e gotas de suor despontaram em seu nariz. Embora ainda fosse noite, o degelo já era forte, e gotas d'água pingavam nas pedras. Enquanto os soldados, movimentando ruidosamente os sabres e baixando a cabeça, entravam na carruagem negra, Yanson passou o dedo preguiçoso sob o nariz úmido e ajeitou o cachecol em volta do pescoço.

Quem vem de Oriol

O mesmo tribunal militar que julgara Yanson tinha também condenado à morte um camponês do distrito de Yeletzk, no Oriol: Mikhail Golubetz, de apelido Tsiganok – o cigano – e também Tatarin, o tártaro. Seu crime mais recente, assassinato de três pessoas e assalto à mão armada, tinha sido provado além de qualquer dúvida; seu passado negro era um mistério. Boatos vagos davam-no como participante de uma série de outros assassinatos e assaltos, numa trilha escura de sangue, deboche e bebedeiras. Com inteira franqueza reconhecia ser um assassino e olhava com desprezo os que, segundo a última moda, consideravam-se "expropriadores". De seu último crime, já que seria inútil negar qualquer coisa, falava livremente e com detalhes, mas às perguntas sobre seu passado limitava-se a rilhar os dentes, assobiar e dizer:

— Pergunte ao vento.

Quando o interrogatório o irritava, Tsiganok assumia um ar sério e digno.

— Quem vem de Oriol não é bobo; somos todos campeões — dizia, com gravidade e deliberação. — De Oriol e Kroma vêm os melhores ladrões. E Yeletzk... é a pátria de todos os ladrões. Agora, que mais falta dizer?

Chamavam-no Cigano por causa da fama de ladrão, e também por sua aparência. Magro, tinha cabelos negros e manchas amarelas nas maçãs do rosto de feições tártaras. O olhar era rápido, breve, mas assustadoramente direto e indagador, e os objetos em que pousava os olhos pareciam perder parte de sua substância. Era também desagradável e repugnante pegar um cigarro que tivesse passado sob os seus olhos — era como se lhe tivesse passado pela boca. Havia nele uma inquietação constante, ora retorcendo-o como um trapo, ora lançando-o de um lado a outro como um corpo de fios vivos e enrodilhados. E bebia água quase que aos baldes.

A cada pergunta ele se punha de pé de imediato e respondia sucintamente, com firmeza, e às vezes – parecia – até com prazer.

– Correto! – exclamava.

Às vezes enfatizava:

– Cor-r-reto!

A certa altura, quando se falava noutra coisa, ele se pôs de pé de um salto e perguntou ao Juiz-Presidente:

– Permite que eu assobie?

– Para quê? – surpreendeu-se o juiz.

– Não disseram que eu dei o sinal aos companheiros? Pois gostaria de mostrar como foi. É muito interessante.

O juiz consentiu, bastante curioso. Tsiganok prontamente colocou na boca dois dedos de cada mão, e revirou os olhos com ar feroz, e o tribunal foi sacudido de sua inércia por um assobio – um verdadeiro assobio de assassino, diante do qual os cavalos selvagens saltam e empinam, assustados, e as pessoas empalidecem. A angústia mortal daquele que está para ser assassinado, a alegria selvagem do assassino, o terrível aviso, a chamada, a melancolia e a solidão de uma noite tempestuosa de outono – todas essas coisas sugeria aquele som lancinante, que não era humano nem animal.

O Juiz-Presidente gritou e sacudiu o braço para Tsiganok, que obedientemente silenciou. Como um artista depois de interpretar magistralmente uma ária difícil, ele se sentou, enxugou no casaco os dedos molhados e olhou em volta com ar satisfeito.

– Que bandido! – exclamou um dos juízes, esfregando a orelha.

Outro, no entanto, com uma despenteada barba russa, mas olhos de tártaro como os de Tsiganok, olhou pensativamente por cima da cabeça do assassino, depois sorriu e comentou:

– É realmente interessante.

De coração leve, sem piedade, sem a menor dor na consciência, os juízes deram a Tsiganok a pena de morte.

– Correto! – exclamou Tsiganok, quando a sentença foi pronunciada. – Em campo aberto e em uma trave! Correto!

E voltando-se para a escolta, soltou com fanfarronice:

– Vamos ou não vamos? Ande, seu pateta. E segure direito essa arma, senão eu a tomo de você!

O soldado lançou-lhe um olhar grave e amedrontado, depois olhou para o companheiro e tateou a trava da arma. O outro fez o mesmo. E durante todo o caminho para a prisão os soldados não se sentiam caminhando, mas voando pelo ar – como se hipnotizados pelo prisioneiro, não sentiam o chão sob os pés, nem a passagem do tempo, nem a eles próprios.

Como Yanson, Mishka Tsiganok passou dezessete dias na prisão antes de ser executado. E todos os dezessete dias decorreram como se fossem um só – ligados pelo mesmo pensamento inextinguível de fuga, liberdade, vida. A inquietação de Tsiganok, agora contida pelas paredes, barras e pela janela inútil através da qual nada se podia ver, voltou contra ele próprio toda a sua fúria, queimando-lhe a alma como carvão em brasa. Como se estivesse bêbado, imagens brilhantes, porém incompletas, o assaltavam, esmaecendo e confundindo-se, cruzando-lhe a mente em irreprimível e ofuscante torvelinho – todas dirigidas à fuga, à liberdade, à vida. Narinas dilatadas como as de um cavalo, Tsiganok passava horas farejando o ar: parecia-lhe poder sentir o cheiro de cânhamo, de fumaça, de coisa queimada. E rodava pela cela como um pião, tocando as paredes, de vez em quando tamborilando nelas nervosamente com os dedos, calculando, furando o teto com o olhar, serrando com o pensamento as barras da prisão. Sua inquietação exaurira os soldados que o vigiavam através da janelinha, e que muitas vezes, em desespero, tinham ameaçado atirar. Tsiganok retrucava com modos rudes e zombeteiros, e a briga terminava em paz: a discussão logo se transformava em xingamentos grosseiros e inofensivos, depois dos quais atirar seria absurdo, impossível.

À noite, Tsiganok dormia pesadamente, sem se mover, em uma imobilidade completa, porém viva, como uma mola de aço temporariamente inerte. Mas tão logo despertava punha-se a caminhar, planejar, tatear. As mãos estavam sempre quentes e secas, mas o coração ficava frio de repente, como se tivessem colocado um pedaço de gelo sobre o seu peito, provocando-lhe em todo o corpo um leve arrepio. Nessas ocasiões, Tsiganok, que tinha a pele escura, ficava negro, assumindo o tom azulado do ferro fundido. E adquiriu um hábito curioso: como se tivesse comido algo nauseantemente doce, punha-se a lamber os lábios, estalando-os, e cuspia no chão, sibilante, por entre os dentes. Quando falava, não terminava as palavras: o pensamento corria tão depressa que a língua não conseguia alcançá-lo.

Um dia o chefe dos carcereiros entrou na cela, acompanhado por um soldado. Olhou de lado para o chão e resmungou, mal-humorado:

– Veja como ele sujou o chão!

Tsiganok retrucou depressa:

– Você sujou o mundo inteiro, seu cara de bolacha, e eu não reclamei. Que quer aqui?

O carcereiro, com o mesmo mau humor, perguntou-lhe se gostaria de ser carrasco. Tsiganok estourou em uma gargalhada.

– Não consegue encontrar mais ninguém? Esta é boa! E agora? Os pescoços estão aí, a corda esta aí, mas não há ninguém para dar o nó. Ora, é muito engraçado!

– Se fizer isso, vai salvar sua vida.

– É claro, não posso enforcar alguém se eu estiver morto. Lógico, seu idiota.

– Então, que acha? Vai querer ou não?

– Como é que vocês enforcam por aqui? Imagino que façam tudo às escondidas.

– Não, com música – grunhiu o carcereiro.

– Ora, que idiota! Claro que precisa haver música! Assim! – E começou a cantar, num ritmo forte e marcado.

– Você perdeu o juízo, meu amigo! – exclamou o carcereiro. – Vai querer ou não? Fale de uma vez.

Tsiganok sorriu:

– Como está nervoso! Volte outra hora, que eu lhe digo.

Depois disso, outra imagem veio juntar-se ao caos de imagens brilhantes, porém incompletas, que oprimiam Tsiganok: como seria bom tornar-se carrasco de camisa vermelha. Imaginou vividamente uma praça cheia de gente, uma plataforma alta, e ele, Tsiganok, de camisa vermelha, empunhando um machado, andando de um lado para outro sobre a plataforma. O sol brilhava na lâmina, arrancando alegres cintilações, e tudo era tão festivo e fulgurante que até o homem cuja cabeça logo rolaria estava sorrindo. Atrás da multidão, carroças e cavalos – os camponeses tinham vindo da aldeia à cidade; mais além, a distância, ele enxergava a própria aldeia.

– Smack!

Tsiganok estalou os lábios, lambeu-os e cuspiu no chão. De repente sentiu como se lhe tivessem enfiado um gorro de peles na cabeça, até a boca. Ficou tudo escuro e sufocante, e seu coração tornou-se novamente um pedaço de gelo enviando um estremecimento seco e leve através de todo o corpo.

O carcereiro voltou mais duas vezes, e Tsiganok, mostrando os dentes, repetia:

— Como você está nervoso! Volte mais tarde.

Finalmente o carcereiro gritou pela janela ao passar:

— Perdeu a chance, idiota! Encontramos outro!

— Diabos o levem! Enforque-se! — Tsiganok rugiu, e parou de sonhar com a execução.

Mas depois, à medida que a hora se aproximava, o peso daqueles fragmentos de imagens tornou-se insuportável. Tsiganok queria resistir, pés plantados no chão, mas uma torrente de pensamentos desencontrados arrastou-o, e nada havia onde pudesse segurar-se — tudo girava à sua volta. O sono também tornou-se inquieto, com sonhos ainda mais tumultuosos que os pensamentos — sonhos novos, sólidos, pesados, como blocos de madeira pintada. E não era mais como uma torrente, mas como uma queda infinita até uma profundidade infinita, um voo em redemoinhos através do amplo mundo das cores.

Quando Tsiganok era livre, usava apenas um par de solenes bigodes, mas na prisão deixou crescer a barba curta, negra e eriçada que lhe dava uma aparência assustadora de louco. Às vezes Tsiganok perdia realmente o juízo e girava absurdamente pela cela, ainda tamborilando nervosamente nas paredes ásperas. E bebia água como um cavalo.

Às vezes, à noitinha, quando acendiam sua lâmpada, Tsiganok ficava de quatro no meio da cela e soltava um uivo, o palpitante uivo de um lobo. Fazia isso com peculiar seriedade, uivando como se estivesse desempenhando um trabalho importante e indispensável. Enchia o peito de ar e então soltava-o lentamente em um uivo prolongado e trêmulo, e, pestanejando, escutava o som com atenção. O próprio tremor da voz parecia de certo modo intencional. Não gritava com abandono, mas soltava cada nota com cuidado, naquele uivo lamentoso, cheio de terror e sofrimento.

De súbito calava-se, ficava em silêncio por vários minutos, ainda de quatro. Então murmurava baixinho, olhos fixos no chão:

— Meus queridos, meus amores! Meus queridos, meus amores! Tenham pena... Meus queridos! Meus amores!

Novamente parecia estar escutando atentamente a própria voz. Escutava cada palavra que dizia.

Depois punha-se de pé em um salto e durante uma hora inteira ficava a blasfemar.

Praguejava pitorescamente, gritando e revirando os olhos injetados.

— Se vão me enforcar... me enforquem logo! — e recomeçavam os palavrões.

O carcereiro de plantão, branco como giz, quase chorando, batia na porta com a coronha da arma e gritava, descontrolado:

— Vou atirar! Vou matar você com certeza! Está ouvindo?

Mas não ousava atirar. Exceto em caso de rebelião, eles nunca atiravam nos condenados à morte. E Tsiganok rangia os dentes, praguejava e cuspia. Seu cérebro, equilibrado precariamente entre a vida e a morte, desmanchava-se como um monte de argila seca.

Quando entraram na cela, à meia-noite, para levar Tsiganok, ele começou a mostrar grande atividade, parecendo ter recobrado o ânimo. Sentia novamente o gosto doce na boca, e a saliva era abundante; as bochechas ficaram rosadas e os olhos começaram a brilhar com sua antiga malícia meio selvagem. Enquanto se vestia, perguntou ao oficial:

— Quem vai ser o carrasco? Alguém novo? Com certeza ainda não aprendeu o serviço.

— Não precisa se preocupar com isso — respondeu o oficial secamente.

— Não posso deixar de me preocupar, Meritíssimo. Eu vou ser o enforcado, não o senhor. Pelo menos não seja pão-duro com o sabão do governo no laço.

— Está bem, está bem! Fique quieto!

— Este homem aqui comeu todo o sabão — declarou Tsiganok, indicando o carcereiro. — Olhe como o rosto dele brilha.

— Silêncio!

— Não economize o sabão!

E Tsiganok explodiu numa risada. Mas começava sentir a boca cada vez mais doce, e de repente as pernas ficaram estranhamente dormentes. Mesmo assim, ao saírem para o pátio, ele conseguiu exclamar:

— A carruagem do Conde de Bengala!

Na hora do beijo, fique em silêncio

A sentença dos cinco terroristas foi finalmente pronunciada e confirmada no mesmo dia. Aos condenados não informaram quando seria a execução, mas eles sabiam que provavelmente seriam enforcados na mesma noite, no máximo na noite seguinte. E quando lhes propuseram receber seus familiares na quinta-feira, eles compreenderam que a execução teria lugar na madrugada de sexta-feira.

Tanya Kovalchuk não tinha parentes próximos, os que tinha estavam em algum lugar nos confins da Pequena Rússia e não era provável que tivessem sequer ouvido falar no julgamento e na execução iminente; Werner e Musya, como pessoas não identificadas, supostamente não tinham parentes, e apenas dois, Sergey Golovin e Vasily

Kashirin, encontrar-se-iam com a família. Ambos esperavam o encontro com terror e angústia, mas não ousavam recusar aos velhos a última palavra, o último beijo.

Sergey Golovin era particularmente torturado pela perspectiva desse encontro. Amava profundamente o pai e a mãe: vira-os pouco tempo antes, e agora estava aterrorizado pelo que aconteceria quando eles viessem vê-lo. A própria execução, em todo o seu monstruoso horror, em sua atordoante loucura, ele conseguia imaginar com mais facilidade e lhe parecia menos terrível que aqueles poucos momentos de um encontro breve e insatisfatório, que parecia estender-se para além do tempo, para além da própria vida. Como se comportar, o que pensar, o que dizer, sua mente não conseguia determinar. O ato mais simples e normal, tomar a mão do pai, beijá-lo, dizer "Como vai, papai?" parecia-lhe indizivelmente hediondo em sua monstruosa, desumana, absurda hipocrisia.

Depois da sentença, os condenados não ficaram na mesma cela, como Tanya Kovalchuk imaginara. Cada um deles foi colocado em confinamento solitário, e durante toda a manhã, até as onze horas, quando os pais chegaram, Sergey Golovin caminhou furiosamente pela cela, repuxando a barba, franzindo a testa com lástima e murmurando baixinho. Às vezes estacava de súbito, respirava fundo e depois soltava o ar como um homem que tivesse passado tempo demais sob a água. Mas ele era tão saudável, tão jovem, e com uma vida tão pujante dentro de si, que até mesmo nos momentos de sofrimento mais doloroso o sangue lhe pulsava sob a pele, avermelhando as bochechas, e os olhos azuis faiscavam, brilhantes e francos.

Mas foi tudo muito diferente do que ele imaginara.

Nikolay Sergeyevich Golovin, pai de Sergey, um coronel reformado, foi o primeiro a entrar na sala onde se deu o encontro. Era todo branco – o rosto, a barba, os cabelos e as mãos – como uma estátua de neve vestida em trajes de homem. Usava o mesmo casaco de sempre, velho mas limpo, cheirando a benzina, com suspensórios novos, e entrou pisando firme, com ar imponente. Estendeu a mão branca e magra e disse bem alto:

– Como vai, Sergey?

Atrás dele entrou a mãe de Sergey – com passos curtos, um sorriso estranho. Também ela apertou as mãos do filho e perguntou bem alto:

– Como vai, Seryozhenka?

Beijou-o nos lábios e sentou-se em silêncio. Não correu para ele, não explodiu em lágrimas, não se pôs a soluçar, não disse qualquer das coisas terríveis que Sergey temera. Apenas beijou-o e sentou-se silenciosamente. Com as mãos trêmulas ajeitou o vestido de seda preta.

Sergey não sabia que o coronel passara a noite inteira trancado em seu pequeno escritório preparando aquela visita, dedicando todas as suas forças à elaboração daquele ritual.

Não deviam piorar, e sim amenizar, os últimos momentos do filho, decidira; pesou com cuidado cada possível fase da conversa, cada ato e movimento que pudesse ocorrer no dia seguinte. Às vezes se confundia, esquecia-se do que já tinha preparado e chorava amargamente no sofá coberto de lona. De manhã explicou à esposa como ela deveria comportar-se durante o encontro:

– O principal é não falar nada quando for beijá-lo – instruiu. Mais tarde pode falar, depois de algum tempo, mas não na hora que for beijá-lo – insistiu. – Mais tarde pode falar, compreende? Ou vai dizer o que não deve.

– Eu compreendo, Nikolay Sergeyevich – respondeu a esposa, chorando.

– E não deve chorar. Pelo amor de Deus, não vá chorar! Se chorar vai matá-lo, velha!

– Então por que você está chorando?

– Com as mulheres não se consegue deixar de chorar. Mas você não deve, está ouvindo?

– Muito bem, Nikolay Sergeyevich.

Viajando no *drozhky*, ele tivera a intenção de instruí-la novamente, mas esqueceu-se. E assim seguiram em silêncio, curvados, velhos e grisalhos, perdidos em seus pensamentos, enquanto a cidade estava alegre e barulhenta. Era carnaval, as ruas cheias.

Sentaram-se. O coronel então levantou-se e assumiu uma pose estudada, a mão direita na lapela do casaco. Sergey ficou sentado por um instante, olhou bem de perto o rosto enrugado da mãe e então levantou-se de um salto.

– Sente-se, Seryozhenka – pediu a mãe.

– Vá sentar-se – repetiu o pai.

Ficaram em silêncio. A mãe sorriu.

– Como fizemos petições por você, Seryozhenka! Seu pai...

— Não deviam ter feito isso, mamãe.

O coronel falou com firmeza:

— Tínhamos que fazer, Sergey, para que não pensasse que seus pais tinham esquecido você.

Silenciaram novamente. Falar era muito doloroso, como se cada palavra tivesse perdido o significado, passando a querer dizer apenas uma coisa: Morte. Sergey olhou para o casaco do pai, que cheirava a benzina, e pensou: "Eles agora não têm criados, ele mesmo deve tê-lo limpado. Como é que nunca notei antes quando ele limpava o casaco? Acho que faz isso de manhã." De súbito perguntou:

— E minha irmã está bem?

— Ninochka não sabe de nada — a mãe apressou-se a responder.

O coronel interrompeu-a com gravidade:

— Por que mentir? A menina leu nos jornais. Que Sergey saiba que todos... aqueles que lhe são mais queridos... estão pensando nele... nesta hora... e...

Não conseguiu dizer mais. De repente o rosto da mãe contraiu-se e depois distendeu-se, tornando-se agitado, úmido, desvairado. Os olhos descoloridos olharam às cegas, e a respiração tornou-se mais intensa, mais curta, mais ruidosa.

– Se... Se... Ser... – repetia, sem mover os lábios. – Ser...
– Mamãe querida!

O coronel avançou, estremecendo em cada dobra do casaco, em cada ruga do rosto, sem compreender como ele próprio parecia terrível em sua palidez mortal, sua firmeza heroica, desesperada. Falou com a esposa:

– Fique quieta! Não o torture! Não o torture! Ele tem que morrer! Não o torture!

Assustada, ela já silenciara, mas ele ainda sacudia os punhos cerrados na frente do rosto e repetia:

– Não o torture!

Depois retrocedeu um passo, escondeu as mãos trêmulas atrás das costas e, lábios pálidos, uma expressão de calma forçada, perguntou em voz bem alta:

– Quando?

– Amanhã de manhã – respondeu Sergey, os lábios também pálidos.

A mãe olhava para o chão, mordendo os lábios, como se não estivesse escutando. Sempre mordendo os lábios ela murmurou de modo estranho estas palavras simples, que caíram como chumbo:

— Ninochka mandou um beijo, Seryozhenka.
— Dê-lhe um beijo por mim — respondeu Sergey.
— Está bem. Os Khvostovs mandaram lembranças.
— Que Khvostovs? Ah, sim.
O coronel interveio:
— Bem, temos que ir. Levante-se, mulher. Temos que ir.
Os dois homens ergueram a mulher enfraquecida.
— Despeça-se dele — o coronel ordenou. — Faça o sinal da cruz.
Ela fez tudo como lhe foi ordenado. Mas ao fazer o sinal da cruz e beijar rapidamente o filho, sacudiu a cabeça e murmurou fracamente:
— Não, esta não é a maneira certa! Não é a maneira certa! Que é que vou dizer? Como vou dizer?? Não, não é a maneira certa!
— Adeus, Sergey! — disse o pai. Apertaram-se as mãos, e beijaram-se rápida e calorosamente.
— O senhor... — começou Sergey.
— Sim? — fez o pai em tom abrupto.
— Não, não! Não é a maneira certa! Que é que vou dizer? — repetia debilmente a mãe, ba-

lançando a cabeça. Tornara a sentar-se e oscilava levemente para a frente e para trás.

— O senhor... — Sergey recomeçou. De súbito seu rosto crispou-se, triste e infantil, e os olhos encheram-se de lágrimas. Através das lágrimas ele examinou atentamente o rosto pálido do pai, cujos olhos também estavam molhados.

— O senhor, meu pai, é um homem nobre!

— Que é isso? Que é que está dizendo? — fez o coronel, surpreso. E de repente, como se partido em dois, ele deixou a cabeça cair sobre o ombro do filho. Era mais alto que Sergey, mas agora estava mais baixo, e sua cabeça parecia uma bola branca no ombro do filho. Eles se beijaram em silêncio, apaixonadamente: Sergey beijou os cabelos branco-prateados, o velho beijou o uniforme de prisioneiro.

— E eu? — perguntou de repente uma voz estridente.

Os dois se voltaram. A mãe de Sergey estava de pé, a cabeça jogada para trás, olhando para eles com raiva, quase com desprezo.

— E eu? — ela repetiu, sacudindo a cabeça com insana intensidade. — Você pode beijá-lo... e eu? Vocês, homens! E eu? E eu?

— Mamãe! — Sergey correu para ela.

O que ocorreu então é desnecessário e impossível descrever...

As últimas palavras do coronel foram:

— Eu lhe dou minha bênção na hora da sua morte, Seryosha. Morra corajosamente, como um oficial.

E foram embora. De repente não estavam mais lá. Chegaram, ficaram um pouco, conversaram e, de repente, tinham ido embora. Voltando para sua cela, Sergey deitou-se no catre, rosto virado para a parede para que os soldados não pudessem vê-lo, e chorou por longo tempo. Depois, exaurido pelas lágrimas, adormeceu profundamente.

Só veio a mãe de Vasily Kashirin. O pai, um rico comerciante, não quis vir. Durante o encontro com a velha senhora, Vasily andava de um lado para outro, tremendo de frio, embora o dia estivesse morno, até mesmo quente. A conversa foi breve, dolorosa.

— Não valia a pena ter vindo, mamãe. Você só vai torturar a si mesma e a mim.

— Porque fez aquilo, Vasya? Por que fez aquilo? Ah, meu Deus!

Ela começou a chorar, enxugando o rosto nas pontas do lenço de lã preta. Habituados, ele e os irmãos, a gritar com a mãe que nunca entendia as coisas, Vasily estacou e, estremecendo como se sentisse frio, vociferou:

— Pronto! Está vendo? Eu sabia! Você não entende nada, mamãe! Nada!

— Bom... bom... está bem! Você está sentindo... frio?

— Frio! — Vasily repetiu com brutalidade, e recomeçou a caminhar pelo aposento, olhando de esguelha para a mãe, com se sentisse raiva.

— Será que você pegou um resfriado?

— Ah, mamãe, qual é o problema de um resfriado, quando... — e fez um gesto de impotência com as mãos.

A velha senhora estava prestes a dizer: "E seu pai encomendou bolos de trigo a partir de segunda-feira", mas estava assustada, e disse apenas:

— Eu falei com ele: "É seu filho, você devia ir, dar-lhe sua bênção"... Mas não, a velha besta teimou...

— Que ele vá para o diabo! Que espécie de pai ele tem sido para mim? A vida inteira foi um velhaco, e continua sendo um velhaco.

—Vasenka! Você fala assim do seu pai? – censurou a velha senhora, endireitando-se.
— Do meu pai...!
— Do seu próprio pai!
— Para mim ele não é pai!

Era estranho e absurdo. Diante dele estava o pensamento da morte, enquanto ali surgia algo pequenino, vazio e trivial, e as palavras quebravam-se como cascas de castanhas sob o pés. Vasily quase chorou de tristeza – por causa da eterna incompreensão que durante toda a sua vida erguera-se como um muro entre ele e as pessoas mais próximas, e que mesmo agora, na hora final, fitava-o estupidamente, estranhamente, através dos olhos pequenos e arregalados da mãe. Exclamou:

—Você não entendeu que logo vou ser enforcado? Enforcado! Você entende? Enforcado!

—Você não devia ter machucado os outros! – bradou a mulher.

— Meu Deus, que é isso? Nem os animais agem assim! Eu não sou seu filho?

Ele sentou-se a um canto e se pôs a chorar. A velha senhora também começou a chorar em seu canto. Incapazes, mesmo por um instante, de unir-se em um sentimento de amor e assim amenizar o horror da morte iminente, choraram suas frias lágrimas de solidão, que não lhes aqueciam o coração. A mãe disse:

— Você me pergunta se sou sua mãe? Você me acusa! E eu fiquei inteiramente grisalha nos últimos dias! Virei uma velha. E no entanto você diz... Você me acusa!

— Bem, mamãe, está certo. Perdoe-me. É hora de você ir. Dê um beijo em meus irmãos por mim.

Finalmente ela foi embora. Chorava amargamente, enxugando o rosto na beirada do lenço, e não via a rua. Quanto mais se afastava da prisão, mais chorava. Voltou pelo mesmo caminho, mas estranhamente perdeu-se naquela cidade onde nascera e viverá até a velhice. Entrou em um parquezinho deserto, com umas poucas árvores velhas e retorcidas, e sentou-se em um banco molhado de neve derretida.

E então entendeu de repente: ele seria enforcado no dia seguinte!

Pôs-se de pé num salto, prestes a sair correndo, mas repentinamente sua cabeça começou a girar e ela caiu no chão. A alameda gelada estava úmida e escorregadia, e ela não conseguiu levantar-se. Girando o corpo, ergueu-se nos cotovelos e ajoelhou-se, mas tornou a cair de lado. O lenço preto escorregou, revelando no topo da cabeça um trecho calvo entre os cabelos cinza fosco; e então imaginou estar vindo de uma festa de casamento – seu filho estava se casando, ela bebera vinho demais, ficara embriagada.

– Não posso! Meu Deus, não posso! – exclamou, como se recusasse algo.

Sacudindo a cabeça, rastejou pelo caminho úmido e gelado, e o tempo todo parecia que lhe serviam mais vinho, mais vinho!

O coração já lhe doía, por causa das risadas embriagadas, das danças desenfreadas – e continuavam a servir-lhe mais vinho, mais vinho!

O tempo voa

Na fortaleza onde estavam os terroristas havia uma torre com um relógio antigo. A cada hora, a cada meia hora e a cada quarto de hora soavam toques longos e melancólicos que se evolavam lentamente no ar, como o grito distante e queixoso de pássaros em migração. Durante o dia, aquela música estranha e triste perdia-se nos ruídos urbanos da rua larga e movimentada que margeava a fortaleza. Passavam carruagens, os cascos dos cavalos ressoavam no pavimento, os automóveis trepidantes buzinavam a distância; camponeses *izvozchiks* tinham vindo à cidade especialmente para o carnaval, enchendo o ar com o tilintar dos guizos nos pescoços de seus cavalinhos. Por toda parte uma confusão de vozes embriagadas, carnavalescas, felizes. Em meio a tudo isso havia o degelo da primavera, as poças barrentas nas campinas, e nas praças as árvores tinham se tornado negras. Uma brisa cálida soprava do mar em fortes lufadas úmidas, e era fácil imaginar as minúsculas partículas de ar que ela carregava e que se dissolviam na imensidão infinita da atmosfera, ouvi-las rindo em seu voo.

À noite, a rua se aquietava à solitária luz do grande sol elétrico. A enorme fortaleza, onde não brilhava uma única luz, mergulhava na escuridão e no silêncio, como uma muralha separando-a da cidade sempre viva e em movimento. Era então que se ouviam os toques do relógio. Uma estranha melodia, alheia à terra, nascia e morria nas alturas, lenta e melancolicamente. E renascia – iludindo o ouvido, soltava seus elementos suaves, interrompia-se, tornava a soar. Como gotas vítreas, grandes e transparentes, as horas e os minutos caíam de uma altura incalculável e batiam num sino de metal em suaves vibrações.

Era, dia e noite, o único som que chegava às celas onde os condenados permaneciam em confinamento solitário. Através do telhado, através da espessura das paredes de pedra, ele penetrava, remoendo o silêncio. Às vezes não o percebiam durante várias horas; às vezes esperavam-no com ânsia, vivendo de um toque para o seguinte, não mais confiando no silêncio. Só criminosos importantes eram mandados para essa prisão de regras especiais, rigorosas e tristes como os próprios muros da fortaleza. Se pode haver nobreza na crueldade, haveria naquele silêncio pesado, morto, solenemente inerte, que recolhia o mais leve sussurro ou alento.

E nesse silêncio solene, rompido apenas pelo toque melancólico dos minutos que partiam, longe de qualquer coisa viva, cinco seres humanos, duas mulheres e três homens, esperavam a chegada da noite, da madrugada e da execução, todos eles preparados, cada um a seu modo.

A morte não existe

Durante toda a vida, Tanya Kovalchuk tinha pensado nos outros e nunca em si mesma, e agora sofria atrozmente, mas só pelos companheiros. Era como se a morte coubesse apenas a Sergey Golovin, Musya e os outros, e não a ela.

Como desafogo pela firmeza e controle no tribunal, ela chorou durante longo tempo, como sabem chorar as mulheres velhas que experimentaram grande sofrimento, ou como jovens muito solidários e generosos. Imaginar que talvez Seryozha estivesse sem fumo ou Werner sem o chá forte a que estava acostumado, às vésperas da morte, não lhe causava menos dor que a própria ideia da execução. A morte era algo inevitável e até mesmo sem importância, em que não valia a pena pensar; mas um homem ficar sem fumo às vésperas da morte era absolutamente insuportável. Ela relembrou e percorreu em pensamento todos os detalhes agradáveis de sua vida junto com os companheiros, e tremeu de medo ao imaginar o encontro de Sergey com os pais.

Lamentava especialmente por Musya. Durante muito tempo pensava que Musya amava Werner, e embora isso não ocorresse, ela ainda tinha sonhos brilhantes para ambos. Antes de ser presa, Musya usava um anel de prata com o desenho de uma caveira, ossos e uma coroa de espinhos. Tanya Kovalchuk considerava o anel um símbolo de má sorte, e muitas vezes pedira a Musya, entre brincando e séria, que se livrasse dele.

– Dê-me de presente – pedia.

– Não, Tanechka, não vou lhe dar este anel. Mas talvez você logo tenha outro anel no dedo...

Por uma razão qualquer, todos eles achavam que ela não tardaria a casar-se, e isso a ofendia – não queria um marido. Relembrando essas conversas meio brincalhonas com Musya, agora condenada à morte, ela se afogava em lágrimas de piedade maternal. Cada vez que o relógio soava, ela erguia o rosto manchado de lágrimas e escutava – como eles estariam recebendo, em suas celas, aquele longo e persistente chamado da morte?

Mas Musya estava feliz.

Com as mãos juntas às costas, vestindo um uniforme de prisioneiro que era grande demais e a fazia parecer um homem – um garoto usando roupas alheias –, ela caminhava incansavelmente de um lado para outro na cela, no mesmo passo. Havia enrolado as mangas do casaco, compridas demais, e as mãos pequenas, quase infantis, macilentas, espreitavam pelos largos orifícios como lindas flores em toscos vasos de barro. O pano áspero arranhava-lhe o pescoço fino e branco, e às vezes Musya afastava a fazenda com as duas mãos e tateava cuidadosamente o local onde a pele irritada estava vermelha e dolorida.

Caminhava pela cela e, corada de excitação, imaginava que estava se justificando perante o povo. Tentava justificar-se por sofrer a mesma linda e honrosa morte que heróis e mártires de verdade sofreram antes dela, sendo tão jovem e insignificante, tendo feito tão pouco, e não sendo de modo algum heroína. Com uma fé inabalável na bondade humana, na compaixão e no amor, imaginava as pessoas sofrendo por sua causa, lamentando a sua sorte, e sentia-se tão envergonhada que enrubescia, como se, morrendo no cadafalso, cometesse uma enorme e embaraçosa fraude.

No último encontro com o advogado ela pedira que lhe trouxessem veneno, mas imediatamente mudou de ideia; e se ele, se os outros pensassem que ela faria aquilo para se distinguir, ou por covardia? Acrescentou depressa:

– Esqueça, não é preciso.

E agora só desejava uma coisa: poder explicar às pessoas, provar que não deviam sequer imaginar que ela fosse uma heroína, que não deviam ter pena dela, nem se preocuparem. Gostaria de poder explicar-lhes que não tinha culpa de, sendo tão jovem e insignificante, sofrer uma morte de mártir, com tanto estardalhaço.

Como uma pessoa acusada de um crime, Musya procurava a absolvição. Tentava encontrar algo que pelo menos tornasse mais importante o seu sacrifício, dando-lhe realmente valor. Raciocinava:

"Claro, sou jovem e podia ter vivido muito tempo. Mas..."

E como a chama de uma vela escurece ao brilho do sol nascente, assim sua juventude e toda a sua vida pareciam opacas e escuras comparadas ao fulgor imenso e resplandecente que brilharia sobre sua pobre cabeça. Não havia como justificar-se.

Mas talvez aquela coisa peculiar que ela trazia na alma – amor ilimitado, ânsia infinita de praticar grandes atos, ilimitado desprezo por si própria – fosse por si só uma justificativa para sua morte gloriosa. Ela sentia que não era sua culpa se fora impedida de fazer as coisas que poderia ter feito, tinha desejado fazer, golpeada na soleira do templo, aos pés do altar.

Mas se fosse assim, se uma pessoa fosse avaliada não apenas pelo que tinha feito, mas também pelo que pretendera fazer... então... ela era digna da coroa de mártir!

"Será possível, pensava, confusa. "Será possível que eu seja digna disso? Que eu mereça que as pessoas chorem por mim, perturbem-se com o meu destino, uma garota tão pequena e insignificante?"

Foi tomada de súbita alegria. Não havia dúvidas nem hesitações: ela seria recebida no meio deles, entraria merecidamente para as fileiras daquelas pessoas nobres que sobem aos céus através de fogueiras, torturas e execuções. Que paz e tranquilidade radiantes! Que felicidade infinita, serena e gloriosa! Era como se ela já tivesse partido da terra e estivesse próxima do sol desconhecido da verdade e da vida, incorporeamente voando à sua luz.

– Isto é a morte? Isto não é a morte! – pensava Musya com alegria.

E se cientistas, filósofos e carrascos do mundo inteiro viessem à sua cela, espalhando diante dela livros, bisturis, machados e laços de forca, e tentassem provar-lhe que a morte existia, que o ser humano morre e é morto, que a imortalidade não existe, iriam apenas surpreendê-la. Como podia não existir a imortalidade, se ela já era imortal? De que outra e intolerável, de que outra morte poder-se-ia tratar, se ela já estava morta e imortal, viva na morte, como estivera morta em vida?

E se levassem à sua cela um caixão com seu próprio corpo decomposto, e lhe dissessem:

– "Olhe! É você!"

Ela olharia e responderia:

— Não, não sou eu.

E se tentassem convencê-la, assustando-a com a visão lúgubre de seu próprio corpo em decomposição, de que aquilo era ela, ela, Musya, responderia com um sorriso:

— Não. Vocês pensam que sou eu, mas não sou. Eu sou aquela com quem vocês estão falando; como posso ser a outra?

— Mas você vai morrer e ficar assim.

— Não, eu não vou morrer.

— Você vai ser executada. Olha ali a forca.

— Vou ser executada, mas não vou morrer. Como posso morrer, se já sou, desde agora, imortal?

E os cientistas, os filósofos e os carrascos iriam embora, dizendo com um estremecimento:

— Não toquem neste lugar. É santo!

Em que mais Musya pensava? Em muitas coisas, pois para ela o fio da vida não era cortado pela morte, mas continuava dando voltas com calma e regularidade. Pensava nos companheiros, naqueles que estavam distantes, e nos que em dor e sofrimento viviam a execução junto com eles, e naqueles que estavam próximos e subiriam ao cadafalso com ela. Surpreendera-se com Vasily, que ele se perturbasse tanto – ele, que sempre fora tão corajoso, e que brincava com a morte. Assim, na manhã de terça-feira, quando todos juntos prendiam aos cintos os projéteis explosivos que horas mais tarde iriam fazê-los em pedaços, as mãos de Tanya Kovalchuk tremiam de nervosismo, e tinha sido necessário dispensá-la, enquanto Vasily brincava, saltava e fazia palhaçadas, com tanta imprudência que Werner lhe dissera gravemente:

– Não se deve ser íntimo demais da morte.

Que temia ele agora? Mas aquele medo incompreensível era tão estranho à alma de Musya que ela parou de procurar a causa, e de repente foi presa de um desejo desesperado de ver Seryozha Golovin, de rir com ele. Meditou durante algum tempo, e então um desejo ainda mais desesperado assaltou-a, de ver Werner e convencê-lo de algo. E imaginando que Werner estava na cela seguinte, enfiando os calcanhares no chão com seus característicos passos medidos, Musya falou, como se fosse com ele:

– Não, Werner, meu querido. É tudo bobagem. Não tem a menor importância você ser morto ou não. É um homem sensato, mas parece que está jogando xadrez, e que tomando uma peça depois da outra o jogo está ganho. O importante, Werner, é que nós estamos prontos para morrer. Você compreende? Que pensam essas pessoas? Que não há nada mais terrível que a morte? Elas próprias inventaram a morte, elas próprias têm medo dela e tentam nos assustar com ela. Eu gostaria de sair sozinha diante de um regimento inteiro de soldados e atirar neles. Não teria importância que eu estivesse sozinha e eles fossem milhares, ou que eu não chegasse a matar um só soldado. Isto é que é importante: que eles sejam milhares. Quando milhares matam um só, isso significa que foi esse um quem venceu. É verdade, Werner, meu querido...

Mas isso lhe parecia tão claro que ela perdeu a vontade de continuar argumentando. Era preciso que Werner entendesse por si mesmo. Talvez o cérebro dela não quisesse parar em um pensamento único – assim como um pássaro que voa tranquilamente, vendo horizontes infinitos, e para quem todo o espaço, toda a profundidade, toda a alegria do azul suave e acolhedor são acessíveis. O sino do relógio soava sem cessar, perturbando o silêncio. E para esse som harmonioso, distante e belo, os pensamentos das pessoas fluíam e começavam também a soar para ela. As imagens que deslizavam suavemente transformaram-se em música. Era como se em noite escura e silenciosa Musya estivesse viajando em estrada larga e lisa, enquanto o molejo macio da carruagem a embalava e os guizos tilintavam. Todo o susto e toda a agitação tinham passado, o corpo cansado dissolvera-se na escuridão e sua mente alegre e fatigada criava calmamente imagens brilhantes, enlevada por suas cores e sua pacífica tranquilidade. Musya relembrava três de seus companheiros que tinham sido enforcados pouco tempo antes, e os rostos deles lhe pareciam brilhantes, felizes e próximos – mais próximos que aqueles ainda vivos. Do mesmo modo uma pessoa de manhã pensa com alegria na casa dos amigos aonde irá à noite, e uma saudação lhe vem aos lábios sorridentes.

Musya ficou muito cansada de tanto andar. Deitou-se cuidadosamente no catre e continuou a sonhar, com os olhos semicerrados. O sino do relógio soava sem parar, perturbando o silêncio, e imagens luminosas e musicais flutuavam serenamente diante dela. Musya pensava:

"É possível que isto seja a Morte? Meu Deus! Como ela é bela! Ou é a Vida? Não sei. Não sei. Vou olhar e escutar."

Seu ouvido havia muito cedera lugar à imaginação – desde o primeiro momento na prisão. Sendo ela muito musical, sua audição afinara-se ao silêncio e, nesse fundo de silêncio, com os pequenos pedaços de realidade – as passadas dos guardas no corredor, o soar do relógio, o sussurro do vento do telhado de ferro, os estalidos da lâmpada – ela criava quadros musicais completos. A princípio Musya os temia, afastava-os de si como se fossem alucinações de uma mente doentia. Mais tarde, porém, compreendeu que ela própria estava bem, que aquilo não era uma doença; e entregou-se calmamente a seus sonhos.

E agora, de repente, parecia-lhe ouvir com clareza os acordes de uma marcha militar. Atônita, abriu os olhos, ergueu a cabeça: do lado de fora da janela era noite escura, e o relógio soava. "Outra vez", pensou tranquila, e fechou os olhos. Assim que fez isso, a música tornou a soar. Ela ouvia distintamente os soldados, um regimento inteiro, aproximando-se, vindos da esquina da fortaleza, à direita, e agora passavam sob sua janela. Os pés dos soldados marcavam o ritmo com passos medidos sobre o solo gelado: um-dois! um-dois! De vez em quando ela ouvia até mesmo o estalar das botas de couro e o modo como se de repente o pé de alguém escorregasse e logo recuperasse o ritmo. E a música chegava cada vez mais perto – inteiramente desconhecida, uma marcha festiva muito alta e entusiástica. Era evidente que havia na fortaleza uma comemoração qualquer.

Agora a banda passava diante de sua janela, e a cela encheu-se de sons alegres, ritmados, harmoniosamente combinados. Uma trombeta soava áspera, desafinada, ora atrasada, ora comicamente adiantada – Musya parecia ver o soldadinho que tocava o instrumento com expressão de sincero esforço, e ela achou graça.

Então a banda se afastou. Os passos se esvaneceram – um-dois! um-dois! A distância, a música soava ainda mais bonita e alegre. De vez em quando a trombeta soltava sua voz contente e alta, desafinada. Finalmente tudo terminou. O relógio da torre tornou a soar, lenta, lúgubre, mal perturbando o silêncio.

"Foram-se!", pensou Musya, com uma leve sensação de tristeza. Lamentava que os sons tivessem se afastado, tão alegres e tão cômicos. Chegou a ter pena dos soldadinhos, porque aqueles soldados esforçados, com suas trombetas e suas botas que rangiam, eram de uma espécie inteiramente diferente, sem nada em comum com aqueles em quem ela tinha vontade de atirar.

– Voltem! – pediu com ternura.

E eles voltaram. As figuras inclinaram-se sobre ela, rodearam-na em uma nuvem transparente e ergueram-na até onde os pássaros em migração voavam e soltavam gritos, como arautos. À direita e à esquerda, acima e abaixo dela, eles gritavam como arautos: chamavam, anunciavam de longe o seu voo, batiam as asas e a escuridão os sustentava, como a luz os sustentara antes. Em seus peitos inchados, rasgando o ar, a cidade lá embaixo refletia-se em luz azul. O coração de Musya batia com regularidade, a respiração era cada vez mais leve e silenciosa. Ela adormecia. O rosto estava fatigado e pálido, com círculos escuros sob os olhos, e as mãos emaciadas e infantis pareciam muito magras – mas havia um sorriso em seus lábios. Amanhã, com o nascer do sol, aquele rosto humano seria distorcido em um esgar inumano, o cérebro cobrir-se-ia de sangue espesso e os olhos saltariam das órbitas, como olhos de vidro – mas agora ela dormia calmamente e sorria em sua infinita imortalidade.

Musya adormeceu.

E a vida da prisão continuou, surda e sensível, cega e vidente, como o próprio medo eterno. Em algum lugar, pessoas caminhavam. Em algum lugar, pessoas sussurravam. Uma arma esbarrou em algum lugar. Parecia que alguém tinha gritado. Talvez ninguém tivesse gritado – talvez apenas parecesse, no silêncio.

A janelinha na porta abriu-se sem ruído. Um rosto escuro, de bigodes, apareceu no orifício negro. Durante muito tempo ele contemplou Musya, espantado – depois desapareceu tão silenciosamente quanto tinha surgido.

Os sinos tocavam e cantavam, durante muito tempo, dolorosamente. Parecia que as horas, fatigadas, subiam uma montanha alta em direção à meia-noite, e que a subida tornava-se cada vez mais difícil. Escorregam, caem, descem deslizando com um gemido. Então tornam a subir dolorosamente em direção às alturas negras.

Em algum lugar, pessoas caminhavam. Em algum lugar, pessoas sussurravam. E já estavam arreando os cavalos às negras carruagens sem lanternas.

Assim como há vida, há morte

Sergey Golovin nunca pensava na morte, como se ela fosse algo a não ser considerado, algo que não lhe afetava em coisa alguma. Ele era forte, saudável, um rapaz alegre, com aquela límpida alegria de viver que faz qualquer pensamento ou sentimento mau, que poderia fazer mal à vida, desaparecer do organismo sem deixar traços. Assim como todos os cortes, feridas e arranhões em seu corpo curavam-se rapidamente, tudo o que lhe pesava e feria a alma subia logo à superfície e desaparecia. E ele emprestava a cada tarefa, até às diversões, a mesma seriedade calma e otimista – estivesse ocupado com fotografia, com a bicicleta, ou com preparativos para um ato terrorista. Tudo na vida era alegre, tudo na vida era importante, tudo devia ser bem-feito.

E ele fazia tudo bem-feito. Era excelente marinheiro e ótimo atirador. Era tão fiel na amizade quanto no amor, e acreditava fanaticamente na "palavra de honra". Os companheiros riam-se dele, dizendo que se o alcaguete mais notório lhe desse sua palavra de honra de que não era traidor, Sergey acreditaria e lhe apertaria a mão como a de qualquer companheiro. Tinha um defeito: achava que cantava muito bem, quando na verdade não tinha ouvido para música, cantava até as canções revolucionárias fora do tom, e ficava ofendido quando os amigos achavam graça.

– Ou vocês são todos burros, ou eu sou – declarava seriamente, até com raiva.

E os amigos respondiam, com a mesma seriedade:

– O burro é você. Percebe-se pela voz.

Porém, como acontece às vezes com as pessoas boas, ele era talvez mais apreciado por esse pequeno defeito do que pelas qualidades.

Temia tão pouco a morte e pensava tão pouco nela que na manhã fatal, antes de sair da casa de Tanya Kovalchuk, fora o único a tomar um bom café da manhã. Bebera dois copos de chá com leite e uma bisnaga inteirinha. Depois olhara para o pão intocado de Werner:

— Por que não come? Coma. Precisamos ter energia.
— Não estou com vontade.
— Então posso comer seu pão?
—Você tem um bom apetite, Seryozha.
Em vez de responder, Sergey, com a boca cheia, começara a cantar em voz lânguida, fora do tom:
—Ventos hostis sopram sobre nós...
Na prisão, ele a princípio ficou triste: o trabalho não tinha sido bem-feito, eles tinham fracassado. Mas depois pensou: Agora há outra coisa que tem que ser bem-feita: morrer, e tornou a alegrar-se. Por mais estranho que possa parecer, a partir da segunda manhã na fortaleza ele começou a dedicar-se à ginástica segundo o sistema extraordinariamente racional de um certo alemão chamado Müller, que absorvia seu interesse. Despia-se completamente e, para susto e alarme do guarda que o observava, fazia com cuidado todos os dezoitos exercícios prescritos. Achava agradável que o carcereiro o observasse espantado, pois aquilo servia como propaganda do sistema Müller; embora soubesse que não teria resposta, falava com o olho que o observava pela janelinha:

– É um bom sistema, meu amigo; dá energia. Devia ser adotado no seu regimento – dizia, com convicção e bondade, para não assustar o soldado, sem suspeitas que o carcereiro o considerava um lunático inofensivo.

O medo de morrer apossou-se gradualmente dele. Era como se alguém lhe golpeasse o coração com muita força, com um soco de baixo para cima. A sensação era mais dolorosa que amedrontadora. Depois a dor passava, mas voltava horas mais tarde, e a cada vez ficava mais intensa e duradoura, e assim começou a assumir contornos vagos de uma angústia enorme, insuportável.

"Será possível que eu esteja com medo?", pensava Sergey, atônito. "Que bobagem!"

Não era ele quem tinha medo – era seu corpo jovem, sadio e forte, que não podia ser enganado pelos exercícios do sistema Müller nem pelas duchas frias. Pelo contrário; quanto mais forte seu corpo ficava depois da água fria, mais agudas e insuportáveis tornavam-se as sensações do medo. E exatamente naqueles momentos em que, quando era livre, ele sentia um influxo especial de alegria e de força vital – de manhã, depois de ter dormido bem e feito sua ginástica – surgia agora aquele medo avassalador, tão estranho à sua natureza. Ele percebeu isso e pensou:

"É tolice, Sergey! Para morrer com mais facilidade, você deveria enfraquecer o corpo, e não fortalecê-lo."

Assim parou com a ginástica e as massagens. Ao soldado ele gritou, como explicação e justificativa:

– Não repare eu ter parado. É uma coisa boa, meu amigo, mas não para aqueles que vão ser enforcados. Mas é muito bom para as outras pessoas.

Realmente, ele começou a se sentir um pouco melhor. Tentou também comer menos, para ficar ainda mais fraco, mas, apesar da falta de ar puro e de exercício, seu apetite continuava muito bom: era-lhe difícil controlar-se, e ele comia tudo o que lhe traziam. Então passou a usar outro método: antes de começar a comer derramava metade no balde, e aquilo pareceu funcionar. A tonteira e a fraqueza apossaram-se dele.

– Vou lhe mostrar o que consigo fazer! – ele ameaçava o corpo, e ao mesmo tempo, com tristeza mas com ternura, apalpava os músculos flácidos.

No entanto, o corpo logo se acostumou a esse regime também, e o medo de morrer reapareceu. Não tão agudo, nem tão ardente, porém mais horrível, um pouco parecido com a sensação de náusea.

"É porque está demorando tanto", pensava Sergey. "Seria uma boa ideia dormir o tempo todo até o dia da execução", e tentava dormir o mais possível. A princípio conseguia, mas depois, seja porque dormira demais ou por qualquer outra razão, surgiu a insônia. E com ela vieram pensamentos ansiosos e penetrantes, e uma grande ânsia de viver.

"Não tenho medo deste demônio!", pensava ele da morte. "Simplesmente lamento perder a vida. É uma coisa esplêndida, não importa o que digam os pessimistas. E se enforcassem um pessimista? Ah, lamento pela vida, lamento muito. E por que minha barba cresce agora? Não crescia antes, mas de repente está crescendo; por quê?"

Sacudia a cabeça melancolicamente, com suspiros profundos e infelizes. Silêncio, e um suspiro; outro silêncio breve, um suspiro mais profundo e mais longo.

Assim foi até o julgamento e o terrível encontro com os pais. Quando acordou em sua cela no dia seguinte, percebeu claramente que tudo estava terminado entre ele e a vida, que haveria apenas umas poucas horas de espera e então viria a morte. Uma sensação estranha apoderou-se dele. Sentia-se como se estivesse despido, inteiramente nu – como se não apenas as roupas, mas o sol, o ar, o ruído de vozes e sua capacidade de fazer coisas lhe tivessem sido arrancadas. A Morte ainda não tinha chegado, mas a Vida não estava mais: havia algo novo, espantoso, inexplicável, não inteiramente razoável, no entanto não completamente sem sentido. Alguma coisa tão profunda, misteriosa e sobrenatural que era impossível compreendê-la.

"Que vergonha, seu demônio!", pensava ele dolorosamente. "Que é isto? Onde estou? Eu... quem sou eu?"

Examinou-se atentamente, com interesse, começando pelos grandes chinelos da prisão, terminando no ventre onde o casaco sobrava. Caminhando pela cela, abriu os braços e pôs-se a examinar-se como uma mulher com um vestido grande demais para ela. Tentou virar a cabeça e ela obedeceu. Essa criatura estranha, terrível, singular, era ele, Sergey Golovin, e breve não existiria mais!

Então tudo ficou estranho.

Ele tentou caminhar através da cela, e achou estranho que conseguisse caminhar. Tentou sentar-se — e achou estranho poder sentar-se. Tentou beber água, e achou estranho que conseguisse fazê-lo, que conseguisse engolir, que conseguisse segurar a xícara, que possuísse dedos e que esses dedos estivessem trêmulos. Engasgou, começou a tossir e enquanto tossia pensou: "Como é estranho que eu esteja tossindo!"

"Será que estou perdendo a razão?", perguntou-se Sergey Golovin, sentindo frio. – "Vou chegar a isso também? Diabos!"

Esfregou a testa com a mão, e esse gesto também lhe pareceu estranho. E então ficou imóvel, petrificado, durante horas, reprimindo todo pensamento, toda respiração forte, todo movimento – pois todo pensamento lhe parecia apenas loucura, todo movimento era loucura. O tempo não existia mais; transformara-se em espaço, transparente e sem ar, um enorme quadrado que continha tudo – a Terra, a vida, as pessoas. Viu tudo isso com um único olhar. Viu até o fim, até o misterioso abismo: a Morte. E torturava-se, não porque a

Morte era visível, mas porque tanto a Vida quanto a Morte eram visíveis ao mesmo tempo. A cortina que através da eternidade ocultara os mistérios da vida e da morte foi puxada por mão sacrílega, e os mistérios deixaram de ser mistérios — mas continuavam incompreensíveis, como a Verdade escrita em língua estrangeira. Em sua mente humana não havia conceitos, nem palavras em sua linguagem humana, que pudessem definir o que ele via. E as palavras "tenho medo" eram usadas apenas porque não havia outras, porque não havia outro conceito, não havia possibilidade de existir um conceito que definisse aquela condição nova e inumana. Assim como um homem que, permanecendo dentro dos limites da razão, da experiência e dos sentimentos humanos, subitamente visse o próprio Deus. Ele o veria, mas não compreenderia, mesmo sabendo que se tratava de Deus, e estremeceria com inconcebíveis sentimentos de incompreensão.

— Esse Müller é o máximo! — ele exclamou inesperadamente, em tom alto, de extrema convicção. Em seguida, com a súbita mudança de emoções de que a alma humana é capaz, riu com entusiasmo e alegria.

– Ah, Müller! Grande Müller! Ah, seu alemão esperto! Afinal você está certo, Müller, e eu sou um asno!

Pôs-se a caminhar de um lado para outro da cela com grande rapidez e, para espanto do soldado que o vigiava pela janelinha, despiu-se depressa e com o maior cuidado e entusiasmo fez toda a série de dezoito exercícios. Dobrava-se e esticava o corpo jovem e um tanto emaciado, curvava-se, erguia-se, inspirava e expirava, profundamente, pôs-se na ponta dos pés, esticava os braços. Depois de cada exercício, anunciava com satisfação:

– É isto! É assim que se faz, Müller!

O rosto estava corado; gotas de suor morno e agradável saíam-lhe dos poros, e o coração batia forte e regular.

Enquanto expandia o peito, delineando claramente as costelas sob a pele magra e firme, Sergey filosofava:

– O fato é, Müller, que há um décimo nono exercício: ficar imóvel, pendurado pelo pescoço. Esse se chama enforcamento. Está entendendo, Müller? Pegam um homem vivo, digamos Sergey Golovin, amarram-no como um boneco e penduram-no pelo pescoço até ele morrer. É um exercício bobo, Müller, mas não se pode evitar, tem que ser feito.

Iniciando uma série de inclinações para a direita, repetiu:

— Tem que ser feito, Müller.

Horrível solidão

Sob o mesmo soar do relógio antigo, e separado de Sergey e Musya por algumas celas vazias, mas tão dolorosamente infeliz e solitário no mundo como se nenhuma outra alma existisse, o pobre Vasily Kashirin passava as últimas horas de sua vida em terror e angústia.

Transpirando, a camisa úmida agarrada ao corpo, cabelos despenteados, ele se movia pela cela convulsivamente, desesperadamente, como um homem sofrendo uma tortura física insuportável. Sentava-se por algum tempo, depois recomeçava: apertava a testa contra a parede, estacava e procurava algo com os olhos – como se buscasse um lenitivo qualquer. Sua expressão mudara, como se ele tivesse dois rostos diferentes: o primeiro, o rosto jovem, tinha desaparecido em algum lugar, e um rosto novo, terrível, que parecia ter saído da escuridão, o substituíra.

O medo de morrer o atacara de repente, dominando-o por inteiro. Na manhã do atentado, ao enfrentar a morte quase certa, estivera despreocupado e a zombar; mas agora, jogado em uma solitária, ele sucumbia a uma onda de medo insano. Enquanto enfrentava o perigo por vontade própria, enquanto tivesse a morte sob seu domínio, ele se sentia tranquilo, mesmo que ela lhe parecesse terrível. Ficava até alegre, pois a sensação de liberdade ilimitada, a confiança firme em sua vontade destemida faziam com que seu medo pequenino, encolhido e infantil sumisse sem deixar traços. Com um explosivo à cinta, ele fazia sua a força impiedosa da dinamite, e também seu o poder ardente e mortal. E ao caminhar pela rua, por entre pessoas apressadas e comuns, preocupadas com seus próprios afazeres e com o perigo que representavam as carruagens que passavam em disparada, ele se sentia um estranho, um ser de outro mundo, desconhecido, onde não existiam o medo e a morte.

E de repente aquela mudança cruel, irracional, espantosa. Não poder mais ir aonde quiser, mas ser levado aonde os outros querem; não poder mais escolher os lugares que aprecia, mas ser trancado em jaula de pedra como um objeto qualquer; não poder mais, como todas as pessoas, escolher livremente entre a vida e a morte, mas ser certa e inevitavelmente liquidado. Um momento antes a encarnação de força de vontade, vida e vigor, ele era agora uma miserável imagem da fraqueza mais abjeta. Foi transformado em animal esperando o abate, objeto surdo-mudo que pode ser levado de um lugar para outro, ser consumido pelo fogo, ser despedaçado. Não importa o que ele pudesse dizer, ninguém ouviria, e se tentasse gritar, tapariam sua boca com uma mordaça. Podendo ou não caminhar sem ajuda, vão levá-lo e enforcá-lo. E se oferecer resistência, lutar, ou deitar-se no chão, vão dominá-lo, erguê-lo e o levarão amarrado para o patíbulo. E esse trabalho mecânico dava aos seres humanos que iam desempenhá-lo um aspecto novo, extraordinário e sinistro – fantasmas ou fantoches cujo único pensamento era pegá-lo. Iam agarrá-lo, dominando-o, carregá-lo à força, enforcá-lo, puxá-lo pelos pés. Iam cortar a corda e baixar, levar e enterrar seu corpo.

Desde o primeiro dia de sua prisão, as pessoas e a vida pareciam ter se transformado em um mundo incompreensível, terrível, de fantasmas e fantoches. Quase enlouquecido de medo, ele tentava imaginar que os seres humanos tinham língua e podiam falar, mas não conseguia – pareciam mudos. Tentava recordar o que diziam, o sentido das palavras que as pessoas usavam em suas relações com as outras, mas não conseguia. As bocas pareciam abrir-se, ouviam-se alguns sons; as pessoas então moviam os pés e desapareciam. Nada mais.

Assim um homem se sentiria se estivesse à noite sozinho em casa e de repente todos os objetos ganhassem vida, começassem a mover-se e a julgá-lo: o armário, a cadeira, a escrivaninha e o sofá. O homem choraria, pedindo socorro, enquanto eles conversavam entre si em sua língua própria, e então o levariam para o cadafalso – eles, o armário, a cadeira, a escrivaninha e o sofá. E os outros objetos assistiriam impassíveis.

Para Vasily Kashirin, que estava condenado à morte na forca, tudo agora parecia brinquedo de criança: a cela, a porta com janelinha, o soar do relógio, a fortaleza com seus tetos cuidadosamente modelados, e acima de tudo aquele fantoche armado que batia os pés no corredor, e os outros que olhavam para dentro de sua cela através da janelinha, assustando-o, e em silêncio lhe passavam a comida. O que sentia não era o medo da morte; a morte agora lhe seria bem-vinda. A morte, com todo o seu mistério e sua eterna incompreensão, era mais aceitável à sua razão do que esse mundo fantasticamente distorcido. Além do mais, a morte parecia ter sido destruída nesse mundo louco de fantasma e fantoches, perdendo sua importância colossal e enigmática, tornando-se algo mecânico e, apenas por esta razão, terrível: agarrado, levado, enforcado, puxado pelos pés, a corda cortada, seu corpo baixado, levado e enterrado.

E um homem teria desaparecido do mundo.

A proximidade dos companheiros durante o julgamento fez Kashirin voltar a si. Por um instante imaginou ver pessoas reais; elas estavam ali e o julgavam, falando como seres humanos, escutando, aparentemente compreendendo-o. Mas no encontro com a mãe sentiu com clareza, com o terror de um homem que está perdendo a razão e sabe disso, que aquela senhora de lenço preto era apenas uma boneca mecânica artificial, do tipo que diz "pa-pa" e mã-mã", mas um pouco mais bem construída. Tentou falar com ela, e ao mesmo tempo pensava, apavorado:

"Ah, meu Deus, isto é um fantoche. Uma boneca-mamãe. E ali está um boneco-soldado, e lá em casa está um fantoche-papai, e eu sou o fantasma de Vasily Kashirin."

Tinha a impressão de que a qualquer momento ouviria o ruído do mecanismo, o ranger de engrenagens sem lubrificação. Quando a mãe se pôs a chorar, alguma coisa humana tornou a lampejar por um instante, mas às primeiras palavras tornou a desaparecer, e era interessante e terrível ver que caía água dos olhos da boneca.

Então, em sua cela, quando o terror se tornara insuportável, Vasily Kashirin tentou rezar. De tudo o que rodeara sua infância na casa dos pais sob o rótulo de religião, só restara um sedimento repulsivo, amargo e irritante; fé não havia. Certa vez, porém, talvez em seus primeiros anos, ele ouvira umas poucas palavras que o tinham enchido de palpitante emoção, e que permaneceram durante toda a sua vida envolvidas em terna poesia. Essas palavras eram:

"Consolo dos aflitos..."
Durante períodos dolorosos de sua vida, ele às vezes murmurava, não em oração, mas, quase sem perceber, essas palavras: "Consolo dos aflitos", e sentia-se imediatamente aliviado e tomado pelo desejo de procurar algum amigo querido e perguntar suavemente:

– Então a vida é assim? Eh, meu caro, isto é a vida?

E então achava graça de repente; sentia vontade de despentear os cabelos, abrir o peito como para receber um golpe forte, como quem diz: "Pronto, pode atacar!"

Não falara a ninguém, nem mesmo aos companheiros mais chegados, sobre o seu "Consolo dos aflitos", e parecia que nem ele próprio sabia, tão profundamente aquilo estava escondido em sua alma. Era apenas de raro em raro e com cautela que ele o invocava.

Agora que o terror do mistério insolúvel, aparecendo-lhe com tanta clareza, envolvia-o por completo, como as águas da enchente cobrem os galhos dos salgueiros das margens, veio-lhe o desejo de rezar. Sentiu vontade de ajoelhar-se, mas teve vergonha do soldado e, cruzando os braços no peito, murmurou baixinho:

– Consolo dos aflitos!
E repetiu suavemente, angustiado:
– Consolo dos aflitos, venha a mim, ajude Vaska Kashirin.

Muito antes, enquanto ainda estava no primeiro ano na universidade, costumava sair em noitadas de farra, antes de conhecer Werner e entrar para a organização. Chamava-se então, meio em gabolice, meio com pena, "Vaska Kashirin" – e agora, por uma razão qualquer, de repente sentia vontade de chamar-se assim novamente. Mas as palavras tinham um som morto e inexpressivo.

– Consolo dos aflitos!

Algo se agitou; era como se uma imagem calma e melancólica se fizesse ver por um instante a distância e depois desaparecesse silenciosamente, sem chegar a iluminar a obscuridade mortal. O relógio da torre soou. O soldado no corredor fez um ruído com sua arma, e de vez em quando bocejava longamente.

– Consolo dos aflitos! Não vai dizer nada? Não vai ajudar Vaska Kashirin?

Pôs-se à espera, sorrindo pacientemente. Tudo era vazio dentro de sua alma e à sua volta. A imagem calma e melancólica não tornou a aparecer.

Dolorosa e inutilmente, ele lembrou as velas de cera ardendo, o padre em suas vestimentas, o ícone pintado na parede. Pensou no pai a inclinar-se em reverência, a orar, curvando-se até o chão, enquanto olhava de soslaio para ver se Vaska estava rezando ou planejando alguma travessura. E um sentimento de terror ainda maior dominou Vasily depois da oração.

Então tudo desapareceu.

A loucura veio se arrastando penosamente. Sua consciência apagava-se como uma fogueira extinta, como o cadáver de um homem que acabou de morrer e cujo coração ainda está quente, mas as mãos e os pés já se tornaram rígidos e frios. Sua razão moribunda flamejou novamente, vermelha como sangue, e declarou que ele, Vasily Kashirin, podia talvez enlouquecer ali, sofrer dores inomináveis, alcançar um grau de angústia e sofrimento que nunca tinha sido experimentado por qualquer ser vivo; que podia bater com a cabeça na janela, furar os olhos com os dedos, falar e gritar tudo aquilo que desejasse, que podia suplicar em lágrimas e declarar que não aguentava mais – e nada aconteceria. Nada podia acontecer.

E nada aconteceu. Seus pés, que tinham vida e consciência próprias, continuaram a caminhar e a carregar o corpo trêmulo e úmido de suor. As mãos, que tinham consciência própria, tentavam em vão abotoar o casaco que estava aberto ao peito e esquentar o corpo suado e trêmulo. Os olhos estavam parados durante aquele momento de calma.

Mas houve mais um instante de terror insano: foi quando entraram na cela. Ele nem chegou a entender que aquela visita significava que era hora de ir para a execução; simplesmente viu as pessoas e ficou assustado como uma criança.

— Não vou fazer isso! Não vou fazer isso! — murmurou inaudivelmente, os lábios lívidos, e retrocedeu para o fundo da cela, como em criança encolhia-se quando o pai erguia a mão para ele.

— Temos que ir.

As pessoas falavam, caminhavam à sua volta, entregavam-lhe algo. Ele fechou os olhos, estremeceu, começou a vestir-se devagar. Com certeza recobrou a consciência, pois de súbito pediu um cigarro. O oficial abriu generosamente sua cigarreira de prata, na qual havia uma figura entalhada no estilo dos decadentistas.

Desabam as muralhas

O homem não identificado que se dizia chamar Werner estava cansado. De viver e de lutar. Houve um tempo em que amava a vida, adorava teatro, literatura, relações sociais. Dotado de excelente memória e uma vontade firme, dominava várias línguas europeias e podia facilmente passar por alemão, francês ou inglês. Em geral falava alemão com sotaque da Baviera, mas podia passar por berlinense nato, quando tinha vontade. Gostava de vestir-se bem, tinha modos excelentes e era o único na organização que ousava comparecer aos bailes da alta sociedade e não corria o risco de ser reconhecido como intruso.

Mas durante muito tempo, sem que os companheiros percebessem, amadurecia em sua mente um negro desprezo pela humanidade;

desprezo misturado com desespero e uma fadiga dolorosa, quase mortal. Por natureza mais matemático que poeta, ele até agora não conhecera a inspiração, o êxtase, e às vezes sentia-se um louco procurando a quadratura do círculo em poças de sangue humano. O inimigo que combatia todos os dias não conseguia inspirar-lhe respeito. Era uma densa rede de estupidez, traição e falsidade, insultos vis e mentiras sórdidas. A gota d'água, que pareceu ter destruído para sempre seu desejo de viver, foi o assassinato do traidor, que ele cometeu por ordem da organização. Matara-o a sangue-frio; mas deixou de respeitar-se de repente, ao ver aquele rosto inerte, ainda hipócrita, agora calmo e, afinal, humano. Não que tivesse remorso, mas simplesmente parou de gostar de si. Tornou-se desinteressante para si mesmo, desimportante, desconhecido – chato. Sendo um homem de força de vontade inquebrantável, não deixou a organização. Permaneceu exteriormente o mesmo, só que havia algo frio e dolorido em seus olhos. Nunca falou disso a ninguém.

Possuía outra qualidade rara: assim como há pessoas que nunca tiveram dor de cabeça, Werner nunca teve medo. Não censurava quando alguém se atemorizava, mas chegava a sentir pena, como se se tratasse de uma doença contagiosa que ele nunca contraíra. Compadecia-se dos companheiros, especialmente de Vasya Kashirin; mas era uma piedade fria, quase artificial, que até os juízes devem ter sentido.

Werner compreendia que a execução não era simplesmente a morte, mas algo diferente, e resolveu enfrentá-la com calma, como algo sem importância; viver até o fim como se nada estivesse acontecendo e nada fosse acontecer. Só assim podia exprimir seu enorme desprezo pela pena de morte, e preservar até o fim sua liberdade de espírito, algo que não lhe podia ser arrebatado. No julgamento – e até seus companheiros, que conheciam bem seu frio e orgulhoso destemor, talvez não acreditassem –, ele não pensava na morte ou na vida, mas concentrava sua atenção, profundamente, friamente, em uma difícil partida de xadrez. Ótimo jogador, começara a partida no primeiro dia de prisão e ainda não a encerrara. Até mesmo a sentença que o condenava à morte por enforcamento não removeu uma única peça do seu tabuleiro imaginário.

Nem o fato de saber que não poderia terminar essa partida o fez parar; na manhã do último dia em que permaneceria na terra, ele começou por corrigir uma jogada não muito bem-sucedida que fizera na véspera. Ficou sentado por longo tempo, apertando as mãos entre os joelhos, imóvel, depois ergueu-se e pôs-se a caminhar, meditando. Seu andar era peculiar: inclinava de leve a parte superior do corpo para a frente e batia com força os calcanhares no chão. Seus passos costumavam deixar marcas profundas e firmes, mesmo em solo seco. Assobiava baixinho, sem parar para respirar, uma singela melodia italiana que ajudava em sua meditação.

Mas dessa vez, por uma razão qualquer, ela não funcionou. Com a sensação desagradável de ter cometido um erro importante, até mesmo fatal, ele voltou a examinar a partida de xadrez várias vezes, desde o início. Não encontrou qualquer erro, mas a sensação de ter errado não se dissipou; ao contrário, ficou cada vez mais intensa e desagradável. De súbito um pensamento inesperado e irritante veio-lhe à mente: talvez o erro consistisse em jogar xadrez só para se defender do medo de morrer, que é aparentemente inevitável em todas as pessoas condenadas à morte.

— Não. Para quê? — ele próprio refutou com frieza, fechando calmamente o tabuleiro imaginário. E com a mesma concentração com que tinha jogado xadrez dedicou-se a avaliar o horror e a impotência de sua situação. Com suprema atenção ele estudou a cela, tentando não deixar escapar coisa alguma. Contou as horas que faltavam e desenhou para si próprio um quadro bastante exato da execução em si. Ao concluir, deu de ombros.

— Vai ser assim. E daí? — perguntou a um interlocutor imaginário. — Onde está o medo?

Realmente, não havia medo. Não apenas isso, mas surgiu algo inteiramente diferente, o reverso do medo: uma sensação de alegria confusa, porém desmedida, desenfreada. E o erro que ele ainda não tinha descoberto não mais lhe provocava vexame ou irritação: pelo contrário, parecia anunciar alguma coisa agradável e inesperada, como se um bom amigo que ele julgava morto aparecesse vivo, forte e sorridente.

Werner tornou a dar de ombros, e procurou o pulso — o coração batia mais rápido que o normal, porém forte e firme, com uma pulsação especialmente nítida. Olhou em volta mais uma vez, atentamente, como um recém-chegado. Examinou as paredes, as trancas, a cadeira aparafusada no chão, e pensou:

"Por que me sinto tão bem, tão alegre, tão livre? Sim, tão livre? Penso na execução amanhã, e sinto que ela não existe. Olho para as paredes, e sinto que elas também não existem. Sinto-me tão livre, como se não estivesse na prisão, e sim saindo de uma prisão onde passei a vida inteira. Que significa isso?"

As mãos começaram a tremer, coisa que Werner nunca experimentara antes. Os pensamentos voavam ainda mais loucamente. Era como se línguas de fogo ardessem em seu cérebro, o fogo querendo avançar e iluminar a distância que ainda era escura como a noite. Mas a luz aos poucos a penetrava, e a distância começava a refulgir.

O cansaço que atormentara Werner durante os dois últimos anos tinha desaparecido; a serpente morta, fria e pesada, de olhos fechados e boca cerrada na morte, tinha se desprendido de seu peito. Ante a face da morte, a formosa Juventude voltava-lhe fisicamente. Na verdade, era mais que a formosa Juventude. Com a maravilhosa clareza de espírito que em raros momentos se apossa do homem e ergue-o aos mais altos píncaros da compreensão, Werner de súbito percebia a vida e a morte, e pasmava diante do esplendor daquele espetáculo sem precedentes. Parecia-lhe estar caminhando ao longo da crista da montanha mais alta, estreita como a lâmina de uma faca, e de um lado via a Vida, do outro lado, a Morte, como dois oceanos, belos, brilhantes e profundos, fundindo-se em uma só superfície extensa e ilimitada, no horizonte.

– Que é isso? Que belo espetáculo! – murmurou lentamente.

Ergueu-se involuntariamente e endireitou-se, como se estivesse diante do Ser Supremo. E derrubando as muralhas, destruindo o espaço e o tempo com a impetuosidade do olhar que tudo penetrava, ele mergulhou a visão nas profundezas da vida que estava para abandonar.

E a vida lhe aparecia sob uma luz renovada. Ele não tentou, como antes, vestir com palavras aquilo que via; tampouco essas palavras existiam na ainda pobre e insuficiente linguagem humana.

Aquele sentimento mesquinho, cínico e mau, que lhe provocava tanto desprezo pela humanidade e às vezes até mesmo repulsa à visão de um rosto humano, desaparecera completamente. Assim também desaparecem, para um homem que se eleva às alturas em uma aeronave, a sujeira e o lixo das ruas estreitas, e o que era feio torna-se belo.

Inconscientemente, Werner aproximou-se da mesa e apoiou nela a mão direita. Por natureza orgulhoso e dominador, jamais assumira antes uma postura tão orgulhosa, tão livre e sobranceira; nunca erguera assim a cabeça e nunca fora tão livre e imponente como agora, na prisão, a poucas horas da morte.

Agora os homens lhe pareciam renovados; à sua visão esclarecida, eram amáveis e encantadores. Sobrevoando o tempo, viu claramente como era jovem a humanidade, que ainda ontem uivava como bicho na floresta; e o que lhe parecera terrível nos seres humanos, imperdoável e repulsivo, tornou-se de repente muito precioso – semelhante à dificuldade da criança em caminhar como adulto; como o gaguejar desconexo de criança, onde cintilam clarões de gênio; como os disparates cômicos, os erros e os machucados de criança.

"Queridos amigos!" – Werner sorriu de repente, e no mesmo instante sua postura perdeu toda a imponência; ele voltou a ser um prisioneiro em uma cela estreita e incômoda, achando insuportável aquele olho irritante e curioso que o espiava pela janelinha da porta. Embora pareça estranho, ele esqueceu quase imediatamente tudo o que pouco antes via com tanta clareza; e, ainda mais estranho, nem chegou a fazer um esforço para lembrar-se. Simplesmente sentou-se o mais confortavelmente possível, sem a rigidez costumeira, e estudou as paredes e as grades de ferro com um sorriso franco e suave, estranho, impróprio dele. Além disso aconteceu a Werner outra coisa que nunca lhe ocorrera antes: ele começou a chorar.

– Meus queridos companheiros! – murmurou, chorando amargamente. – Meus queridos companheiros!

Que coisa misteriosa o transportava do sentimento de ilimitada liberdade para aquela compaixão terna e piedosa? Ele não sabia e não pensava nisso. Apiedava-se realmente dos companheiros queridos, ou as lágrimas escondiam outra coisa, um sentimento ainda mais sublime e apaixonado? Seu coração revivido e rejuvenescido tampouco sabia dizer. Ele chorava e murmurava:

— Meus queridos companheiros! Meus queridos, amados companheiros!

A caminho da forca

Antes de serem levados às carruagens, os cinco condenados foram reunidos em um aposento amplo e frio, de teto em arco, que parecia um escritório abandonado ou uma sala de espera deserta. Tinham agora permissão de conversar uns com os outros.

Só Tanya Kovalchuk aproveitou-se disso imediatamente. Os outros apertaram-se firme e silenciosamente as mãos frias como gelo e quentes como fogo. Em silêncio, tentando não olhar uns para os outros, juntaram-se em um grupo desajeitado. Agora que estavam juntos, envergonhavam-se do que cada um sentira quando sozinhos; temiam encarar-se e revelar aquela sensação nova e peculiar, um tanto vergonhosa, que cada um deles sentia ou suspeitava que os outros sentissem.

Mas depois de breve silêncio eles se entreolharam, sorriram e imediatamente sentiram-se à vontade, como nos velhos tempos. Parecia que nada mudara, ou, se tivesse mudado, o fora de modo tão suave que em nenhum deles, individualmente, podia-se notar a mudança. Todos falavam e se movimentavam de maneira estranha, abruptamente, aos impulsos, devagar ou depressa demais. Ora pareciam engasgar-se com as próprias palavras, repetindo-as várias vezes; ora não terminavam a frase iniciada, ou pensavam tê-la terminado. Todos pestanejavam e examinavam objetos comuns com curiosidade, não os reconhecendo, como quem usa óculos e os tira de repente; e todos voltavam-se abruptamente a cada momento como se alguém atrás deles os chamasse. Também isso não percebiam. As faces e as orelhas de Musya e de Tanya Kovalchuk ardiam; Sergey estava um pouco pálido a princípio, mas logo recuperou-se e recobrou a aparência de sempre.

Só Vasily atraía a atenção de todos. Parecia estranho e terrível. Werner perturbou-se e disse a Musya em voz baixa, com terna ansiedade.

– Que significa isso, Musyechka? Será possível que... Tenho que falar com ele.

Vasily olhou para Werner de longe, como se não o reconhecesse, e baixou os olhos.

— Vasya, que foi que fez com seus cabelos? Que é que está acontecendo com você? Não se preocupe, meu caro, não se preocupe, vai terminar logo. Temos que ficar firmes, é preciso, é preciso.

Vasily ficou em silêncio. Quando parecia claro que ele não diria coisa alguma, veio a resposta apática, atrasada, terrível, remota — como se viesse da sepultura:

— Eu estou bem. Sei me controlar.

E repetiu:

— Sei me controlar.

Werner ficou encantado.

— Isso mesmo, isso mesmo. Bom rapaz. Isso mesmo.

Mas seus olhos encontraram o olhar sombrio e exausto de Vasily e ele pensou, com instantânea piedade:

"De onde ele está olhando? De onde está falando?"

Com profunda ternura, como as pessoas se dirigem a um túmulo, disse:

— Vasya, está ouvindo? Eu amo muito você.

— Eu também amo muito você — respondeu o outro, movendo com dificuldade a língua.

De repente Musya pegou a mão de Werner e, com uma expressão de surpresa, falou, como uma atriz no palco, com calculada ênfase:

— Werner, que é isso? Você disse "eu amo"? Nunca antes você disse "eu amo" para alguém. E por que está todo... terno e sereno? Por quê?

— Por quê?

E como um ator, também acentuando o que sentia, Werner apertou com firmeza a mão de Musya:

— Sim, agora eu amo muito. Não diga aos outros, não é necessário, fico um pouco envergonhado, mas amo profundamente.

Seus olhos se encontraram e brilharam, e tudo em volta pareceu mergulhar na escuridão. É assim que ao clarão do relâmpago todas as outras luzes escurecem imediatamente.

— Sim — disse Musya. — Sim, Werner.

— Sim — ele respondeu. — Sim, Musya, sim.

Compreendiam um ao outro, e algo ficou solidamente estabelecido entre eles naquele momento. De olhos brilhantes, Werner tornou a perturbar-se, e rapidamente aproximou-se de Sergey.

— Seryozha!

Mas quem respondeu foi Tanya Kovalchuk. Quase chorando de orgulho maternal, ela puxou Sergey freneticamente pela manga.

— Escute, Werner! Eu aqui chorando por ele, quase morrendo, e ele fazendo ginástica!

— Pelo sistema Müller? — sorriu Werner.

Confuso, Sergey franziu a testa.

— Não precisa rir, Werner. Estou convencido de que...

Todos se puseram a rir. Haurindo força e coragem uns dos outros, gradualmente recuperaram a tranquilidade, tornaram-se os mesmos de antes. No entanto não percebiam isso, e pensavam não ter mudado em coisa alguma. De repente Werner interrompeu as risadas e disse ansiosamente a Sergey:

— Você tem razão, Seryozha. Tem toda razão.

— Não, mas você precisa entender — insistiu Golovin com alegria. — Claro que nós...

Mas nesse momento ordenaram-lhes que partissem. E os carcereiros tiveram a generosidade de permitir que viajassem aos pares, como escolhessem. De modo geral os carcereiros eram extremamente generosos — até demais. Era como se tentassem em parte mostrar-se humanos, e em parte indicar que absolutamente não estavam ali, que tudo estava sendo feito por máquinas. Mas estavam todos pálidos.

— Musya, você vai com ele — Werner indicou Vasily, que estava imóvel.

— Compreendo — Musya assentiu. — E você?

— Eu? Tanya vai com Sergey, você vai com Vasya... Eu vou sozinho. Não tem importância. Eu aguento, você sabe.

Quando saíram para o pátio, a escuridão suave e única correu ao encontro do rosto deles, dos olhos, cálida e intensa, cortando-lhes a respiração, e então penetrou em seus corpos, terna e refrescante. Era difícil crer que aquele efeito maravilhoso era produzido simplesmente pelo vento da primavera, o vento cálido e úmido. Aquela noite realmente maravilhosa de primavera enchia-se do cheiro da neve a derreter-se, e através do espaço infinito ressoava o ruído das gotas. Velozmente, como se tentassem ultrapassar umas às outras, caíam as pequenas gotas, criando uma vibrante melodia. De repente uma delas caía fora de tom, e tudo se misturava em alegre confusão. Então uma gota grande e pesada caía com força, e outra vez a veloz melodia de primavera ressoava distintamente. Sobre a cidade, acima dos telhados da fortaleza, havia no céu uma palidez avermelhada, refletida pelas lâmpadas elétricas.

— Uhaa! — Sergey Golovin soltou um suspiro profundo e prendeu a respiração, como se lamentasse exalar dos pulmões aquele ar fresco e agradável.

— Há quanto tempo está durando esta temperatura? — perguntou Werner. — A primavera chegou de verdade.

— Hoje foi o segundo dia — foi a resposta delicada. — Antes só tínhamos gelo e neve.

As carruagens escuras aproximavam-se silenciosamente, uma de cada vez; recolhia um par e partia na obscuridade, na direção da lanterna que se balançava no portão. Os soldados da escolta, como silhuetas cinzentas, rodeavam cada carruagem; as ferraduras dos cavalos golpeavam o chão ruidosamente, ou chapinhavam na neve que se derretia.

Quando Werner se preparava para entrar na carruagem, o policial sussurrou-lhe:

— Vai uma pessoa com você.

Werner levou um susto.

—Vai para onde? Ah, sim. Outra pessoa? Quem é?

O policial guardou silêncio. Dentro da carruagem uma figurinha imóvel, porém viva, encolhia-se a um canto escuro. À luz da lanterna, Werner percebeu o clarão de um olho aberto; sentando-se, bateu com o pé no joelho do outro.

– Desculpe, companheiro.

O homem não respondeu. Foi só quando a carruagem partiu que ele perguntou de repente, em russo precário, falando com dificuldade:

– Quem é você?

– Meu nome é Werner, fui condenado à forca pelo atentado contra N... E você?

– Meu nome é Yanson. Eles não podem me enforcar.

Assim viajavam para enfrentar, duas horas depois, o grande Mistério inexplicável; para passar da Vida para a Morte. E se apresentavam um ao outro. A Vida e a Morte moviam-se simultaneamente, e até o final a Vida permanecia vida, em seus detalhes mais insignificantes, ridículos e insípidos.

– Que foi que você fez, Yanson?

– Matei meu patrão com uma faca. Roubei dinheiro.

O tom da voz fazia crer que Yanson estava adormecendo. Werner encontrou sua mão flácida na escuridão e apertou-a. Yanson retirou-a, indolente.

— Está com medo? — perguntou Werner.
— Não quero ser enforcado.

Silenciaram. Werner tornou a encontrar a mão do outro e apertou-a firmemente entre suas palmas secas e ardentes. A mão de Yanson estava inerte como uma tábua, mas ele não tornou a retirá-la.

Dentro da carruagem estava abafado e sufocante. O ar tinha o cheiro de uniforme militar, bolor e bota de couro molhada. O jovem soldado sentado defronte a Werner respirava calidamente sobre ele, e em seu hálito havia o cheiro de cebolas e fumo barato. Mas através de algumas frestas entrava algum ar fresco e revigorante, e por causa disso sentia-se a primavera ainda mais intensamente naquela caixinha abafada e em movimento do que ao ar livre. A carruagem virava ora à esquerda, ora à direita, e aparentava dar meia-volta. Às vezes parecia que por uma razão qualquer estavam andando em círculos em torno do mesmo lugar. A princípio uma luz elétrica azulada penetrava através das espessas cortinas cerradas das janelas; então, subitamente depois de certa volta, ficou escuro, e só assim puderam adivinhar que tinham entrado em ruas desertas nos subúrbios da cidade e que estavam chegando perto da estação ferroviária de S. Às vezes, em uma curva apertada, o joelho vivo e dobrado de Werner batia no joelho vivo e dobrado do guarda, e era difícil crer que a execução se aproximava.

— Aonde estamos indo? — Yanson perguntou de repente. Estava meio tonto das voltas contínuas dentro da caixa escura, e sentia um pouco de náusea.

Werner respondeu e apertou a mão do outro com mais firmeza. Tinha vontade de dizer alguma coisa especialmente bondosa e carinhosa a esse homenzinho sonolento, e já o amava como nunca amara alguém em sua vida.

— Você não parece estar confortável, meu caro. Sente-se aqui perto de mim.

Yanson ficou em silêncio por um instante, depois respondeu:

— Ora, obrigado, estou bem sentado. Vão enforcar você também?

— Vão, sim — respondeu Werner, quase rindo, preso de uma alegria inesperada, e fez um gesto largo com a mão, como se estivesse falando de uma brincadeira insignificante e absurda, que pessoas bondosas mas terrivelmente cômicas pretendiam fazer com ele.

— Você tem esposa? — Yanson perguntou.

— Não, não tenho esposa. Sou solteiro.

— Eu também sou sozinho. Sozinho — disse Yanson.

Werner começava a sentir-se tonto e às vezes tinha a impressão de estar sendo levado para uma festa. Embora pareça estranho, quase todos os que são levados ao patíbulo experimentam essa sensação: misturada à dor e ao medo, uma alegria vaga, na expectativa da coisa extraordinária que logo lhes acontecerá. A realidade estava embriagada até a loucura, e a Morte, unindo-se à Vida, provocava alucinações. Parecia muito possível que houvesse bandeiras tremulando sobre as casas.

— Chegamos! — exclamou Werner jovialmente, quando a carruagem estacou.

Ele saltou para fora com facilidade, mas com Yanson a coisa demorou. Entorpecido, ele resistia em silêncio, não queria sair. Agarrou-se à maçaneta até que o soldado abriu-lhe os dedos fracos. Então Yanson agarrou o canto da carruagem, a porta, a roda alta, para soltá-los em seguida ao menor esforço do guarda. Não agarrava exatamente; grudava-se a cada objeto, sonolentamente e em silêncio, e era arrancado com facilidade, sem esforço. Finalmente ficou de pé.

Não havia bandeiras. A estação ferroviária estava escura, deserta e sem vida: os trens de passageiros não corriam àquela hora, e o trem que esperava silenciosamente por esses passageiros não precisava de luzes brilhantes. De repente Werner começou a sentir-se cansado. Não era medo, nem angústia, mas um cansaço enorme, doloroso e torturante, que dá vontade de sumir em algum lugar, deitar-se e fechar os olhos com força. Werner espreguiçou-se e bocejou. Yanson também espreguiçou-se e bocejou várias vezes seguidas.

– Eu gostaria que eles andassem mais depressa com isso – Werner comentou em tom fatigado.

Quando os condenados seguiram pela plataforma deserta que estava rodeada de soldados, até os vagões mal iluminados, Werner encontrou-se ao lado de Sergey Golovin; Sergey, apontando para o lado, começou a dizer algo, mas só se ouviu distintamente a palavra "lanterna", o resto foi abafado por um bocejo.

– Que foi que você disse? – Werner perguntou, bocejando também.

– A lanterna. A chama está soltando fumaça – disse Sergey.

Werner olhou para trás. Realmente, a lanterna soltava muita fumaça, e o vidro já estava negro no topo.

– É verdade, está soltando fumaça.

Subitamente ele pensou: "Que é que eu tenho a ver com a fumaça da lanterna, já que..."

Sergey aparentemente pensou a mesma coisa, pois olhou de relance para Werner e deu-lhe as costas. Mas ambos pararam de bocejar.

Entraram todos nos vagões, só Yanson teve que ser levado pelos braços. A princípio ele batia os pés, e suas botas pareciam agarrar-se às tábuas da plataforma. Depois dobrou os joelhos e caiu nos braços dos guardas, pernas bambas, como um bêbado, e as pontas das botas raspavam a madeira. Demorou longo tempo até que ele fosse silenciosamente empurrado para dentro do vagão.

Vasily Kashirin também se movimentava, imitando inconscientemente os movimentos dos companheiros – fazia tudo o que eles faziam. Mas ao pisar na plataforma ele tropeçou, e um guarda segurou-o pelo cotovelo para apoiá-lo. Vasily estremeceu e gritou agudamente, puxando o braço:

– Ai!

– Que foi, Vasya? – Werner correu para ele. Vasily ficou em silêncio, o corpo todo tremendo. O policial, confuso e até ofendido, explicou:

– Eu queria evitar que ele caísse, mas ele...

– Venha, Vasya, eu seguro você – disse Werner, prestes a segurar-lhe o braço.

Mas Vasily tornou a retirar o braço e gritou ainda mais alto que antes:

– Ai!

– Vasya, sou eu, Werner.

– Eu sei. Não toque em mim. Eu vou sozinho.

Sempre tremendo, ele entrou no vagão e sentou-se sozinho num canto. Inclinando-se sobre Musya, Werner perguntou em voz baixa, apontando para Vasily com os olhos:

– Como está ele?

– Mal – respondeu Musya, também em voz baixa. – Ele já está morto. Werner, diga-me, a morte existe mesmo?

— Não sei, Musya, mas acho que não — respondeu Werner, sério e pensativo.
— Foi o que pensei. Mas e ele? Foi horrível ficar com ele na carruagem. Era como viajar com um cadáver.
— Não sei, Musya. Talvez a morte exista para certas pessoas. Por enquanto, talvez, porém mais tarde a morte não vai existir. Para mim ela também existia, mas agora não existe mais.

O rosto um tanto pálido de Musya enrubesceu quando ela perguntou:
— Existia, Werner? Existia?
— Existia. Mas agora não existe mais. Exatamente como você.

Ouviu-se um ruído na entrada do vagão. Mishka Tsiganok entrou, batendo os calcanhares barulhentamente, respirando alto e cuspindo. Deu um rápido olhar em volta e estacou teimosamente.
— Aqui não há lugar, guarda! — gritou para o pobre soldado, que o olhou com raiva. —Você tem que me deixar confortável, senão não vou; me enforquem aqui mesmo, no poste de luz. Que carruagem me arrumaram, cachorros! Aquilo é uma carruagem? É a barriga do diabo, não uma carruagem!

Porém de súbito ele inclinou a cabeça, esticou o pescoço e assim aproximou-se dos outros. Por entre a moldura dos cabelos despenteados e da barba, seus olhos negros tinham uma expressão selvagem, aguda e quase insana.

— Ah, senhores — ele cantarolou. — Então é isto. Olá, patrão!

Estendeu a mão para Werner e sentou-se defronte a ele. Inclinando-se em direção ao outro, piscou um olho e passou a mão pela garganta em um gesto rápido.

— Você também?
— Sim — sorriu Werner.
— Todos vão ser enforcados?
— Todos.
— Oho! — Tsiganok sorriu, mostrando os dentes, e estudou rapidamente os outros, demorando-se um instante em Musya e Yanson. Depois tornou a piscar para Werner.

— O Ministro?
— Sim, o Ministro. E você?
— Estou aqui por outra coisa, patrão. Pessoas como eu não lidam com ministros. Sou um assassino, patrão, é o que eu sou. Um assassino comum. Não tem importância, patrão, chegue

um pouco para lá, não estou em sua companhia por vontade própria. Vai haver lugar suficiente para todos nós no outro mundo.

Estudou a todos com olhos rápidos, suspeitosos e selvagens, sob os cabelos em desalinho. Mas todos lhe retribuíram o olhar, silenciosos e sérios, até mesmo com aparente interesse. Ele sorriu, mostrando os dentes, e deu vários tapinhas no joelho de Werner.

— É assim mesmo, patrão! Como é mesmo aquela música? "Não farfalhe, ó mãe-floresta pequenina e verde..."

— Por que você me chama de patrão, se nós todos vamos...

— Correto — Tsiganok concordou com satisfação. — Que tipo de patrão é você, se vai ficar pendurado ao meu lado? Aquele, sim, é o patrão — e apontou para o guarda silencioso. — Eh, aquele tipo ali não é pior que nós — dirigiu o olhar para Vasily. — Patrão! Ei, patrão! Você está com medo, não está?

— Não — respondeu o outro, a língua pesada.

— Não me venha com essa! Não se envergonhe, não há motivo para isso. Só um cachorro sacode o rabo e late quando é levado para a forca, mas você é um homem. Quem é aquele palhaço? Não é um de vocês, é?

Olhou em volta rapidamente, sibilando e cuspindo continuamente. Yanson, enrodilhado como uma trouxa imóvel, encolheu-se com força em seu canto. As abas do velho gorro de peles mexeram-se, mas ele manteve silêncio. Werner respondeu por ele.

— Ele matou o patrão.

— Ah, Deus! — espantou-se Tsiganok. — Por que pessoas assim têm permissão para matar?

Havia algum tempo que Tsiganok vinha olhando de lado para Musya; agora, voltando-se com rapidez, ele a encarou diretamente.

— Mocinha, mocinha! E você? As bochechas dela são rosadas e ela está rindo. Vejam, ela está rindo de verdade — ele disse, agarrando o joelho de Werner com dedos de ferro. — Veja, veja!

Enrubescendo, sorrindo em confusão, Musya também olhou diretamente para os olhos que mostravam acuidade e uma perspicácia selvagem.

As rodas giravam, rápidas e barulhentas. Os pequenos vagões sacudiam-se nos trilhos estreitos. Nas curvas e nos cruzamentos a pequena locomotiva soltava um apito agudo e cauteloso — o maquinista tinha medo de atropelar alguém. Era estranho pensar que tanto cuidado humanitário e tanto esforço estavam sendo empregados para enforcar pessoas; que o ato mais insano da terra estava sendo cometido com tanta simplicidade e eficiência. Os vagões corriam, e seres humanos sentavam-se dentro dele como as pessoas sempre fazem, viajando como as pessoas normalmente viajam; e então haveria uma parada, como sempre.

– O trem vai parar por cinco minutos.

E ali estaria esperando a morte – a eternidade, o grande mistério.

Enforcados

Os pequenos vagões corriam, cautelosos.

Sergey Golovin vivera muitos anos numa casa de campo à margem daquela mesma estrada. Já viajara por ela de dia e também à noite, e conhecia-a bem. Fechou os olhos e pensou que poderia agora estar simplesmente voltando para casa, que tinha ficado até mais tarde na cidade com amigos, e agora voltava no último trem.

– Logo chegaremos – declarou, abrindo os olhos e olhando pela janela gradeada e opaca.

Ninguém se moveu, ninguém respondeu; apenas Tsiganok cuspiu várias vezes, com rapidez, e seus olhos percorreram o vagão, como se tateassem as janelas, as portas, os soldados.

— Está frio — disse Vasily Kashirin, os lábios fechados com força, como se estivessem realmente congelados; e as palavras soaram estranhamente.

Tanya Kovalchuk pôs-se em atividade.

— Pegue o meu lenço e amarre-o no pescoço. É bem quentinho.

— No pescoço? — Sergey perguntou de repente, assustado com a própria pergunta.

Mas como o mesmo tinha ocorrido a todos, ninguém pareceu escutar. Era como se nada tivesse sido dito, ou como se todos tivessem dito a mesma coisa ao mesmo tempo.

— Vamos, Vasya, enrole-o em volta do pescoço. Vai ficar mais quente — Werner aconselhou-o. Depois voltou-se para Yanson e perguntou delicadamente:

— E você, meu amigo, está com frio?

— Werner, talvez ele queria fumar. Camarada, quer fumar? Temos algum fumo.

— Quero.

— Dê-lhe um cigarro, Seryozha — pediu Werner, encantado.

Sergey já estava pegando um cigarro. Todos observavam com camaradagem, vendo como Yanson apanhava o cigarro, como o fósforo se inflamava, e depois como a fumaça azul saía de sua boca.

— Obrigado — disse ele. — É bom.
— Que estranho! — exclamou Sergey.
— O que é estranho? — Werner voltou-se. — O que é estranho?
— Estou falando do cigarro.

Yanson segurava um cigarro, um cigarro comum, em suas vivas mãos comuns, e, pálido, olhava para ele com surpresa, até mesmo com terror. E todos fixaram os olhos no pequeno tubo que soltava fumaça pela ponta, como uma fita azulada, afastada pelo sopro; as cinzas se juntavam, enegrecidas. O cigarro apagou-se.

— O cigarro apagou-se — avisou Tanya.
— Sim, apagou-se.
— Solte-o — disse Werner franzindo o cenho e olhando inquieto para Yanson, cuja mão, segurando o cigarro, pendia frouxamente como se estivesse morta. De repente Tsiganok voltou-se depressa, inclinou-se para Werner, cara a cara, e sussurrou, mostrando o branco dos olhos, como um cavalo.

— Patrão, e a escolta? E se nós... hein? Vamos tentar?

— Não, não faça isso — respondeu Werner também sussurrando —, vamos beber do cálice até o amargo fim.

— Por que não? Numa briga é mais divertido! Hein? Eu o pego, ele me pega, e a gente nem vê quando acontece. É como se a gente não morresse.

— Não, você não deve fazer isso — disse Werner, e voltou-se para Yanson. — Por que não fuma, amigo?

De repente o rosto murcho de Yanson mudou de expressão, como se alguém tivesse puxado cordões que colocassem todas as rugas em movimento. Como se sonhasse, ele começou a choramingar sem lágrimas, dizendo, em tom seco e tenso:

— Eu não quero fumar. Ai, ai, ai! Por que tenho que ser enforcado? Ai! Ai! Ai!

Os outros o rodearam. Tanya Kovalchuk, chorando copiosamente, acariciava-lhe o braço e ajeitava as abas do gorro de peles.

— Meu querido amigo, não chore! Meu amigo! Pobre homenzinho!

Musya desviou o olhar. Tsiganok percebeu e sorriu, mostrando os dentes.

— Que homenzinho esquisito! Ele toma chá, mas sente frio — comentou, com uma risada abrupta. Mas de repente seu próprio rosto tornou-se negro-azulado, como ferro fundido, e seus dentes grandes e amarelos brilharam.

Subitamente os vagões estremeceram e diminuíram a velocidade. Todos, exceto Yanson e Kashirin, se puseram de pé e tornaram a sentar-se depressa.

— Chegamos à estação — falou Sergey.

Parecia-lhes que todo o ar tinha sido esvaziado do vagão, tão difícil se tornou respirar. O coração crescia, fazendo o peito quase explodir, pulsando na garganta, galopando alucinadamente — gritando de horror com sua voz cheia de sangue. E os olhos desceram para o chão sacolejante, e os ouvidos escutaram as rodas girando cada vez mais devagar, derrapando e recomeçando a girar, e então de repente elas estacaram.

O trem parou.

Então estabeleceu-se o sonho. Nada tinha de terrível; era mais algo fantástico, desconhecido à memória, estranho. O próprio sonhador parecia pôr-se de lado, apenas seu fantasma sem corpo movia-se, falava sem som, caminhava sem ruído, padecia sem sofrimento. Como em sonho, eles saíram do vagão, formaram pares, respiraram o ar peculiarmente fresco da primavera. Como em sonho, Yanson resistiu taciturnamente, debilmente, e foi arrastado em silêncio para fora do vagão.

Desceram os degraus da estação.

– Vamos andando? – perguntou alguém, quase que jovialmente.

– Agora não falta muito – respondeu outro, no mesmo tom.

Então, formando um grupo grande, negro e silencioso no meio da floresta, seguiram uma estrada rústica, molhada e amena de primavera. Da floresta, da neve, vinha um sopro de ar forte e fresco. Os pés escorregavam, às vezes afundando na neve, e involuntariamente os companheiros se davam as mãos. E os soldados da escolta, respirando com dificuldade, caminhavam pela neve intocada em cada margem da estrada. Alguém perguntou com voz irritada:

– Por que não limpam esta estrada? Querem que a gente dê cambalhotas na neve?

Alguém mais pediu desculpas em tom zombeteiro:

– Nós limpamos, Excelência. Mas é o degelo, não se pode fazer nada.

A consciência do que estavam fazendo voltou aos prisioneiros, mas não completamente: em fragmentos, em partes estranhas. Agora, de repente, seus cérebros praticamente admitiam:

"É realmente impossível limpar a estrada."

Então tudo tornava a desaparecer, restando apenas o sentido do olfato: o cheiro insuportavelmente fresco da floresta e da neve que se derretia. E tudo fez-se bem claro à consciência: a floresta, a noite, aquela estrada e o fato de que logo seriam enforcados. As conversas, restritas a sussurros, vinham em fragmentos.

– São quase quatro horas.
– Eu disse que tínhamos saído cedo demais.
– O sol nasce às cinco.
– Claro, às cinco. Nós deveríamos...

Pararam em uma clareira, na escuridão. A pouca distância deles, atrás das árvores nuas, duas pequenas lanternas balançavam-se em silêncio: as duas forcas.

– Perdi uma das minhas galochas – disse Sergey Golovin.
– É mesmo? – fez Werner, sem ter compreendido o que o outro dissera.
– Perdi uma galocha. Está frio.
– Onde está Vasily?
– Não sei. Está ali.

Vasily estava imóvel e abatido.

– E onde está Musya?

— Estou aqui. É você, Werner?

Puseram-se a olhar em volta, evitando a direção das forcas, onde as lanternas continuavam a balançar-se, em silêncio, terrivelmente significativas. À esquerda, a floresta nua parecia estar ficando mais rala, e alguma coisa grande, branca e plana era visível. De lá vinha um vento úmido.

— O mar — disse Sergey Golovin, inalando o ar com o nariz e a boca. — Ali está o mar!

Musya respondeu com a frase de uma canção:

— "Meu amor que é tão grande quanto o mar..."

— Que é isso, Musya?

— "As margens da vida não podem conter meu amor, que é tão grande quanto o mar!"

— Meu amor que é tão grande quanto o mar — ecoou Sergey pensativamente, levado pelo som da voz e pelas palavras dela.

— Meu amor que é tão grande quanto o mar — repetiu Werner, e de repente, com espanto e alegria, exclamou: — Musya, como você é jovem!

De súbito Tsiganok sussurrou veementemente, sem fôlego, bem dentro da orelha de Werner:

— Patrão! Patrão! Ali está a floresta! Meu Deus! Meu Deus! Que é aquilo? Ali... onde estão as lanternas... são as forcas? Que significa isso?

Werner olhou para ele. Diante da morte, Tsiganok contorcia-se em agonia.

— Temos que nos despedir — disse Tanya Kovalchuk.

— Espere, eles têm que ler a sentença — respondeu Werner. — Onde está Yanson?

Yanson estava deitado na neve, e algumas pessoas se ocupavam à sua volta. Havia cheiro de amônia no ar.

— Bem, o que é, doutor? Vai demorar muito? — alguém perguntou com impaciência.

— Não é nada. Ele simplesmente desmaiou. Esfreguem as orelhas dele com neve! Já está voltando a si. Podem ler a sentença!

A luz da lanterna brilhou sobre o papel e as mãos pálidas e nuas que o seguravam. Tanto o papel quanto as mãos estremeciam de leve, e a voz também estava trêmula:

— Cavalheiros, talvez não seja necessário ler a sentença. Vocês já a conhecem. Que acham?

— Não leia — Werner respondeu por todos, e a pequena lanterna apagou-se.

Os serviços do padre também foram recusados por todos. Tsiganok vociferou:

— Pare de palhaçada, padre. Você vai me perdoar, mas eles vão me enforcar. Vá para... o lugar de onde veio.

A silhueta escura e larga do padre afastou-se silenciosamente e logo desapareceu. O dia nascia; a neve ficava mais branca, as figuras das pessoas, mais nítidas, a floresta, mais rala, mais melancólica.

— Os senhores irão aos pares. Tomem os seus lugares aos pares como desejarem, mas devo pedir-lhes que se apressem.

Werner apontou para Yanson, que agora estava de pé, apoiado em dois soldados.

— Vou com ele. E você, Seryozha, pegue Vasily. Vá agora.

— Muito bem.

— Você e eu vamos juntas, Musyechka? — perguntou Tanya Kovalchuk. — Venha me dar um beijo de despedida...

Beijaram-se rapidamente. Tsiganok beijava com força, pressionando os dentes; Yanson de leve, sonolentamente, com a boca meio aberta — parecia não entender o que estava fazendo.

Quando Sergey Golovin e Kashirin tinham dado alguns passos, Kashirin parou de repente e disse alto e bom som:

— Adeus, camarada — gritaram em resposta.

Partiram. Fez-se silêncio. As lanternas atrás das árvores imobilizaram-se. Eles esperaram um grito.

uma voz, alguma espécie de ruído, mas tudo lá estava tão quieto quanto eles, e as lanternas amarelas estavam imóveis.

— Ah, meu Deus! — alguém gritou roucamente. Os outros olharam para trás: Tsiganok contorcia-se em agonia diante da morte. — Estão enforcando!

Deram-lhe as costas, e novamente fez-se silêncio. Tsiganok contorcia-se, tentando agarrar o ar com as mãos.

— Como é que vai ser isto, senhores? Eu vou ter que ir sozinho? É mais divertido morrer acompanhado. Senhores, que significa isto?

Agarrou Werner pela mão, os dedos apertando espasmodicamente.

— Patrãozinho, pelo menos você vem comigo? Hein? Me faz este favor? Não recuse!

Werner respondeu com tristeza:

— Não posso, meu caro amigo. Vou com ele.

— Ah, meu Deus! Então eu tenho que ir sozinho? Meu Deus! Como é que vai ser?

Musya avançou um passo e disse suavemente:

— Você pode ir comigo.

Tsiganok recuou, mostrando o branco dos olhos.

— Com você?

– É.

– Vejam só! Que garotinha! E você não está com medo? Se está, eu prefiro ir sozinho.

– Não estou com medo.

Tsiganok sorriu.

– Vejam só! Mas sabe que eu sou um assassino? Não me despreza? É melhor não fazer isso. Não vou ficar zangado com você.

Musya ficou silenciosa, e à fraca luz do amanhecer seu rosto estava pálido e enigmático. De repente ela se aproximou de Tsiganok e, enlaçando-lhe o pescoço, beijou-o firmemente nos lábios. Ele pegou-a pelos ombros com a ponta dos dedos, afastou-a de si, então sacudiu-a e beijou-a ruidosamente nos lábios, no nariz, nos olhos.

– Venha!

De súbito o soldado mais próximo cambaleou para a frente e, abrindo as mãos, deixou cair a arma. Não se abaixou para pegá-la; ficou imóvel por um instante, voltou-se abruptamente e, como um cego, caminhou em direção à floresta por sobre a neve intocada.

– Aonde vai? – chamou o outro soldado, assustado. – Espere!

Mas o homem continuou a andar pela neve funda, silenciosamente, com dificuldade. Então deve ter tropeçado em algo, pois balançou os braços e caiu de rosto para baixo. E ali permaneceu, deitado na neve.

— Pegue a arma, seu palhaço fantasiado — disse Tsiganok severamente ao outro soldado. — Senão eu vou pegar. Você não conhece seu trabalho?

As pequenas lanternas puseram-se novamente em movimento. Era a vez de Werner e Yanson.

— Adeus, patrão — gritou Tsiganok. — Vamos nos encontrar no outro mundo, você vai ver! Não me dê as costas. Quando me encontrar, leve-me um pouco d'água para beber. Para mim, lá vai ser quente!

— Adeus.

— Eu não quero ser enforcado! — declarou Yanson sonolentamente.

Werner pegou-o pela mão, e ele caminhou alguns passos. Mas em seguida parou e caiu na neve. Alguns soldados inclinaram-se sobre ele, ergueram-no e carregaram-no, enquanto ele lutava debilmente. Por que não gritava? Devia ter esquecido até mesmo que tinha voz.

E novamente as pequenas lanternas amarelas ficaram imóveis.

— E eu, Musyechka, devo ir sozinha? — queixou-se Tanya. — Nós vivemos juntas, e agora...

— Tanyechka, querida...

Mas Tsiganok interveio acaloradamente; segurando Musya pela mão, como temendo que alguém a arrebatasse, disse autoritariamente a Tanya:

— Ah, mocinha, você pode ir sozinha. É uma alma pura, pode ir sozinha aonde quiser. Mas eu... não posso! Um assassino! Compreende? Não posso ir sozinho! Aonde você vai, seu assassino? Vão me perguntar. Ora, roubei até cavalos, meu Deus! Mas com ela é como se... como se eu fosse um bebê, compreende? Você está compreendendo?

— Estou. Vá. Deixe-me beijar você mais uma vez, Musyechka.

— Beijos! Beijos! — zombou Tsiganok. — Coisa de mulheres! Vocês têm que dar uma à outra um caloroso adeus!

Musya e Tsiganok puseram-se a caminho. Musya andava cuidadosamente, escorregando, e, pela força do hábito, erguendo de leve a saia. O homem levava-a firmemente para a morte, segurando-lhe o braço com cuidado e tateando o solo com o pé.

As luzes imobilizaram-se. Estava tudo quieto e solitário em volta de Tanya Kovalchuk e os soldados silenciosos eram vultos cinzentos à luz suave e incolor do amanhecer.

— Estou sozinha — suspirou Tanya Kovalchuk de repente. — Seryozha está morto. Werner está morto... e Vasya também. Estou sozinha. Soldados, estão vendo? Estou sozinha, sozinha...

O sol se erguia do mar.

Os corpos foram levados embora em caixões. Pescoços esticados, olhos saltados, línguas azuis e inchadas como flores desconhecidas e terríveis entre os lábios cobertos de espuma sanguinolenta, os corpos foram levados às pressas de volta pela mesma estrada por onde tinham vindo ainda com vida. A neve da primavera continuava fresca e macia, o ar da primavera continuava forte e fragrante. Na neve jazia a galocha preta de Sergey, molhada, pisada.

Assim os homens saudavam o nascer do sol.

Impressão: Gráfica JPA Ltda.